POÉSIES NOUVELLES

PAR

H. GOMONT

Membre correspondant de l'Académie de Stanislas

PARIS

AMYOT, libraire

Rue de la Paix, 6

NANCY

Mlle GONET, libraire

Rue des Dominicains, 14

1864

POÉSIES NOUVELLES

Nancy, imprimerie de veuve Raybois, rue du faub. Stanislas, 3.

POÉSIES NOUVELLES

PAR

H. GOMONT

Membre correspondant de l'Académie de Stanislas

PARIS
AMYOT, libraire
Rue de la Paix, 6

NANCY
Mlle GONET, libraire
Rue des Dominicains, 14

1864

PHILOSOPHIE.

> Non illum populi fasces, non purpura regum
> Flexit, et infidos agitans discordia fratres,
> Aut conjurato descendens Dacus ab Istro;
> Non res romanæ perituraque regna....
>
> VIRGILE.

Le voyageur descend du haut de la montagne,
L'obscurité du soir l'entoure et l'accompagne;
Au loin, derrière lui,
Brille encore un rayon qui par degré s'efface;
Sur le sommet neigeux faible et dernière trace
Du jour évanoui.

Il suit d'un œil pensif cette lueur mourante;
Tout prend une couleur ou triste ou menaçante
Sous son pas incertain :
Plus de ruisseau limpide ou de brillant feuillage;
Plus de bel horizon dont l'aspect l'encourage
A suivre son chemin.

La lune cependant, au ciel monte et s'avance,
Et verse ses rayons de calme et de silence.
A sa pâle clarté,
Regrettant moins du jour la splendide allégresse,
Le voyageur éprouve un charme de tristesse
Et de sérénité.

Cédant au doux attrait de la mélancolie,
Il traverse les champs, la brumeuse prairie,
Le bois sombre et dormant.
Tour à tour il regarde, il se rappelle, il rêve ;
Puis sa journée enfin tranquillement s'achève
Ainsi tout en rêvant.

Au point où me voilà parvenu dans la vie,
Je chemine à présent comme ce voyageur ;
Car déjà ma jeunesse est presque évanouie :
A peine, de son astre, une faible lueur
Se montre encore au loin, et répand dans mon âme
Le passager éclat d'un rayon défaillant,
Le reflet sans chaleur d'une mourante flamme
Que la glace de l'âge éteint rapidement.

Tout se transforme, hélas! dans la sombre vallée,
Où je marche à pas lents pour gagner le tombeau ;

L'oiseau ne chante plus sous la verte feuillée,
Mêlant ses gais accents à la voix du ruisseau;
Le sentier est plus rude, et la morne étendue
Ouverte devant moi, présente à mon regard
Des objets menaçants sous leur forme inconnue,
Au lieu de l'horizon que j'avais au départ :
Le soleil qui brillait au matin de mon âge
Et rendait sous mes pas tout suave et riant,
Le joyeux compagnon de mon premier voyage,
Derrière la montagne est caché maintenant.

Mais, ainsi que le soir, l'âge de la vieillesse
Possède aussi son astre, astre froid et serein,
Dont les rayons versant une douce tristesse
Éclairent mollement son paisible chemin.
Cet astre bienveillant, c'est la philosophie;
Non celle qui prenant un vol audacieux
S'en va heurter souvent son aile trop hardie
Aux secrets de la terre, à l'énigme des cieux;
Mais l'autre, fruit du temps et de l'expérience,
Qui, sans viser si haut, tranquillement conduit,
Sinon toujours au vrai, du moins à la prudence;
Et contemple et s'abstient, plutôt qu'elle n'agit.
A la douce clarté de cette humble sagesse,

Le spectacle du monde éveille dans les cœurs
Des sentiments plus purs qu'aux jours de la jeunesse;
Il offre un autre aspect, revêt d'autres couleurs,
Et n'est plus désormais une cause incessante
Ou de haine, ou d'amour, ou d'admiration :
L'estime, à se former, est circonspecte et lente,
Le mépris moins aveugle en son aversion.
Sans approuver, on plaint; sans aimer, on pardonne;
L'élan irréfléchi fait place à l'équité :
Avec moins de chaleur on fait bien, et l'on donne;
Mais on exige aussi moins de l'humanité.

Emportés par la loi qui voulut que la terre
Fût un champ de bataille, et la vie un combat;
Peuples, pontifes, rois, aux chances de la guerre,
Se livrent, trop souvent sans cause ou résultat.
Chacun, dans la mêlée, à leur suite se jette;
Du bras ou de la voix combat aveuglément
Pour une idée, un mot, qu'au hasard il répète;
Et, perdant la mémoire ou le discernement,
Fait de la force un droit, du droit une injustice.
Sans être de la lutte un oisif spectateur,
Sans refuser d'agir ou d'entrer dans la lice,
L'homme instruit par les ans ne connaît, ni l'ardeur,

Ni l'orgueil des partis, ni leur folle arrogance;
Car il craint la victoire autant que le revers,
Car il sait que pour fille elle a l'imprévoyance,
Que souvent les lauriers portent des fruits amers.
Calme dans le triomphe, il laisse donc la foule
Acclamer les vainqueurs et brûler son encens,
Attend sans s'émouvoir que ce torrent s'écoule
Portant ailleurs ses flots inféconds et bruyants.

Si ce triste conflit de discorde et de haine
Ébranle son courage, et blessant trop ses yeux
Le fait désespérer de la nature humaine,
S'il voit par trop grandir l'essor impétueux
Du fatal tourbillon qui l'entraîne sans cesse
Dans le cercle éternel des révolutions,
Et, funeste pour tous, en sa marche ne laisse
Ni trône aux souverains, ni trêve aux nations;
Alors des temps passés, il fouille la mémoire,
Froidement les compare avec les temps présents,
Il retrempe son âme aux sources de l'histoire,
Aux utiles leçons des grands événements;
Et l'espoir lui revient en voyant que, sur terre,
Rien de nouveau n'existe en folie, en excès;
Que le monde poursuit néanmoins sa carrière,

Char qui toujours vacille et ne verse jamais :
Car Dieu veille, et contient ce monde qui s'agite ;
Et si le genre humain semble être un océan
Toujours prêt à franchir la suprême limite,
Un astre est au-dessus, et règle son élan.

Mais, lorsque les erreurs et les vicissitudes
Que subit tour à tour la pauvre humanité,
Pèsent trop à son cœur lassé d'incertitudes,
Et triomphent enfin de sa sérénité ;
Alors, vers la nature immortelle et riante,
Comme un fils il se tourne, et, dans son vaste sein,
Il va plonger son âme ébranlée et souffrante,
Et se perdre au milieu du *grand-œuvre* divin ;
Il s'abreuve de calme et de magnificence ;
Il semble puiser là comme un pressentiment
De l'éternel repos, céleste récompense
Du juste resté tel jusqu'au dernier moment.
Seul, sous les verts abris, il laisse sa pensée
Aller comme un ruisseau pur et capricieux,
Dont l'onde, errant sans suivre une ligne tracée,
Réfléchit à la fois et la terre et les cieux ;
Puis, vers les jours passés, les jours de sa jeunesse,
Un souvenir rêveur doucement le conduit ;

Et, de ce temps lointain l'image enchanteresse
Ainsi qu'une autre aurore, en son cœur resplendit.

O nature ! de Dieu, toi, l'imparfaite image !
Que le sage avec lui confondit trop souvent,
En toi, l'homme se plaît aux jours de son jeune âge,
Il doit, à son déclin, t'aimer également.
Quand parmi les enfants d'une nouvelle race,
Nourris de sentiments qui ne sont plus les siens,
Il commence à chercher vainement une place ;
Lorsqu'il se sent de trop parmi leurs entretiens,
Et voit avec froideur accueillir sa présence,
Toi, tu lui ris toujours comme en ses premiers ans ;
Et, douce à sa vieillesse ainsi qu'à son enfance,
Lui prodigues encore tes trésors enivrants :
Sur ses pas, tu répands tes parfums à main pleine,
Tes rayons les plus purs et les plus lumineux,
Les souffles bienfaisants de ta suave haleine,
Et le bruit de tes eaux, et l'azur de tes cieux :
Car toujours, ô nature, insensible mais juste,
Pour chacun de tes fils ton regard est pareil ;
Sur l'arbre décrépit et le naissant arbuste,
Tombent également ta pluie et ton soleil.

L'ESPOIR, LE SOUVENIR.

Endormons du présent les peines trop réelles
Par le riant espoir, ou le doux souvenir.
L'espoir, le souvenir ! Deux compagnons fidèles
Qu'à l'homme Dieu donna pour l'aider à souffrir.
Et qui dira lequel sert l'homme davantage ?
Si l'espoir l'aide à vivre au sortir du berceau,
Le souvenir se montre au terme du voyage,
Et charme le sentier qui le mène au tombeau.

OUBLI.

Vino pellite curas
Cras ingens iterabimus æquor
HORACE.

Qui de nous n'a le droit d'accuser le destin,
Vieux vétérans blessés au combat de la vie ?
Mais oublions nos maux ; ce jour nous y convie,
Et vidons hardiment la coupe du festin.

Qu'il sourie un moment celui qui peut sourire,
Qu'il ne repousse pas un innocent délire.

Du sein des voluptés si le dégoût surgit,
Si, parmi les plaisirs, l'ennui vient prendre place,
De souffrir, de lutter, le cœur aussi se lasse,
Et le flot de nos pleurs de lui-même tarit.

Qu'il sourie un moment celui qui peut sourire,
Qu'il ne repousse pas un innocent délire.

Ces instants de repos accordés à nos bras,
Cette joie éphémère au milieu de l'orage,
Qu'un sombre philosophe, en son humeur sauvage,
Les dédaigne s'il veut ; nous, n'en rougissons pas.

Qu'il sourie un moment celui qui peut sourire,
Qu'il ne repousse pas un innocent délire.

Il ne disparaîtra que trop rapidement
Ce rayon de soleil brillant dans la tempête.
Bientôt se rouvrira la blessure secrète,
L'incurable souci dont aucun n'est exempt.

Qu'il sourie un moment celui qui peut sourire,
Qu'il ne repousse pas un innocent délire.

Oublions du destin, oublions les rigueurs;
Oui, pardonnons au sort, pardonnons à la vie
Ce que pour nous elle eut d'amertume et de lie,
Rappelons seulement ce qu'elle eut de douceurs.

Qu'il sourie un moment celui qui peut sourire,
Qu'il ne repousse pas un innocent délire.

LE CENTAURE CHIRON (1).

Vivendo vici mea fata.
VIRGILE.

C'était un de ces jours où toute la nature
Se montre à nos regards plus puissante et plus pure,
Où comme pénétré d'un principe nouveau
L'univers apparaît sous un aspect plus beau ;
Où tout vit et veut vivre, où la terre fermente,
Et ne peut retenir la séve impatiente
Que le printemps allume et nourrit dans son flanc.
Le ciel enveloppait d'un azur éclatant
Les montagnes, au loin de neige éblouissantes;
Les cascades tombaient, larges, étincelantes,

---

(1) M. Maurice de Guérin, dans son écrit intitulé *le Centaure*, a représenté les sentiments et les sensations du Centaure purement mythologique, moitié homme et moitié cheval. Mon *Centaure* n'est un être fabuleux qu'en cela qu'il a reçu le don de l'immortalité; du reste c'est un homme autant que son élève Achille *aux pieds légers*.

Ebranlant à grand bruit les rochers sous leurs bonds :
Et les vastes forêts s'étageant sur les monts,
Les pics neigeux, les rocs, le fleuve au cours rapide,
Recevaient, renvoyaient la lumière splendide
Que versait le soleil, souriant à l'effort
De chaque être joyeux de prendre son essor.

Sur une roche abrupte et par les ans minée,
A l'ombre d'une tour à demi ruinée,
De l'art cyclopéen antique monument,
Reposait le centaure au front large et puissant.
Il était immobile, embrassant de la vue
Les grands monts et la plaine à ses pieds étendue;
Puis, tandis que tout chante, et s'anime, et sourit,
Sa muette douleur à la fin se trahit,
Et s'élève en soupirs douloureux et pénibles
Vers le ciel attentif, et les Dieux invisibles.

« C'est par un jour pareil, que ma témérité
Obtint jadis le don de l'immortalité.
Dans mon sein, en ce temps, bouillonnait la jeunesse :
Pour moi tout était neuf, beau dans sa nouveauté.
J'avais soif d'existence, et je voulais sans cesse
Développer en moi la douce faculté
De penser, de sentir. Mon regard et mon âme

Embrassaient la nature; et mon plus grand désir,
Celui qui dévorait mon cœur comme une flamme,
C'était de la connaître et de l'approfondir;
Non afin d'étaler une vaine science
Aux yeux du peuple enfant qui m'a donné naissance;
Mais afin de pouvoir augmenter, élargir
Dans mon sein frémissant la pensée et la vie.
Laissant mes compagnons recommencer toujours
Leurs jeux et leurs combats, leurs travaux, leurs amours,
Courir près du Pénée à la rive fleurie,
Et, devançant les cerfs, les percer de leurs traits;
J'allais, je parcourais l'antique Thessalie.
J'explorais les détours de ses vastes forêts;
Ou bien de ses grands pics je gravissais la cime;
Et, debout au sommet de ce poste sublime,
Je mesurais la terre, et les bords sinueux
De l'immense Océan, dont les flots longs et bleus
Se déroulaient au loin en leur marche éternelle.
Ou bien, je contemplais les lointains horizons,
Me demandant, rêveur, quelle terre nouvelle
On trouverait-là-bas en franchissant ces monts;
Et puis, lorsque la nuit et les astres sans nombre
Envahissaient enfin la voûte immense et sombre,
Alors, levant au ciel un regard curieux,

Dans leur brillant séjour j'interrogeais les Dieux.
Redescendant ensuite aux choses de la terre,
De ses mille secrets je perçais le mystère;
Aux entrailles du sol, j'arrachais les métaux,
Des plantes, j'apprenais les vertus et l'usage;
Et je me demandais si le chant des oiseaux,
Aussi bien que leur vol, n'était pas un présage;
Ou pensif, j'écoutais ces rumeurs et ces voix
Qui viennent de la mer ou du fond des grands bois,
Aux jours d'automne, alors que les vents en furie
Semblent leur arracher une étrange harmonie.
Je pensais que ces bruits, tristes, majestueux,
Pouvaient avoir aussi leur sens mystérieux.
Un jour enfin, ravi de toutes les merveilles
Qui sans cesse frappaient ma vue et mes oreilles,
Un beau jour de printemps je demandais aux Dieux
Pourquoi je n'avais pas, aussi bien que les cieux,
Aussi bien que la terre, une vie immortelle :
Vœu qui fut exaucé. Car je sentis alors
Comme un feu tout céleste, une vigueur nouvelle,
Pénétrer à la fois et mon âme et mon corps.
La mort perdait sur moi sa fatale puissance;
Et je vécus heureux, tant que mon existence
Resta dans la limite assignée aux humains;

Mais, quand elle eut franchi l'âge que les destins
Accordent à ma race, alors pour moi la vie
Lentement, par degrés, perdit tous ses attraits.
Un vague sentiment de tristesse infinie
S'est glissé dans mon cœur pour n'en sortir jamais.
Car je vis tour à tour périr et disparaître
Tout ce qui m'accueillit lorsque je vins au jour;
Et tout ce que mes yeux ont vu grandir et naître,
Tombant autour de moi, s'est éteint à son tour.
Hercule, du bûcher est devenu la proie;
Achille et les héros qui, sous les murs de Troie,
Aux Atrides jadis vinrent se réunir,
Ne sont plus que poussière, ou qu'un vain souvenir.
Leurs enfants ont subi la même destinée;
La race qui prétend de leur sang être née
Ne leur ressemble plus; je ne partage pas
Son langage, ses jeux, ses travaux, ses combats;
Pour elle, je ne suis qu'un objet de surprise
Qu'on regarde et qu'on fuit; ma joie ou ma douleur,
Sans jamais s'épancher, doit mourir dans mon cœur :
De qui donc pourrait-elle être en effet comprise?
La science, elle aussi, m'est à charge à présent;
Tout ce qu'un être humain est capable d'apprendre,
Je le sais; rien qui puisse aujourd'hui me surprendre.

Un nouvel univers, un autre firmament
Pourraient seuls m'arracher à mon indifférence.
La nature me lasse, et ne me ravit plus :
Comme la race humaine, elle-même commence,
Malgré tout son éclat et sa magnificence,
A décliner aussi. Par le fer abattus,
Succombent les grands pins et les chênes touffus.
Plus de fraîche retraite au sein de la verdure :
Le temps a desséché ma source vive et pure;
La grotte où je bravais le choc des éléments
S'est écroulée, et gît sous les mille fragments
De ce mont qui naguère est tombé dans la plaine.
Car les monts, eux aussi, cèdent aux lois du temps;
Et contre ses assauts leur résistance est vaine.
Avec douleur hélas! je les vois tous les ans
Lui livrer un lambeau de leur masse orgueilleuse.
L'Océan a rongé l'antique continent;
Je cherche en vain le golfe, où, sous l'onde écumeuse,
Je me plongeais jadis, agile et triomphant.
Tout passe, s'amoindrit, se transforme et s'altère ;
Seul je reste le même, immortel, pour sentir
Que je suis maintenant en exil sur la terre,
Et que l'homme ici-bas est créé pour mourir.

FLEUR DES ALPES

Au pied de ces glaciers, et dans l'âpre moraine,
Loin des riants vergers de la fertile plaine,
Le voyageur parfois trouve une pâle fleur,
A ses yeux inconnue, étrange, et sans couleur.
Cependant, au milieu de ce chaos stérile,
Où tout se montre à lui, froid, muet, immobile,
Elle a, pour le regard du pauvre voyageur,
Je ne sais quel attrait, cette mourante fleur.
Qu'éprouverait-il donc, si dans ce lieu sauvage
Il voyait tout à coup, sur un noble feuillage
A la forme nouvelle, à l'aspect étranger,
Et balançant un disque élégant et léger,
Apparaître une fleur, suave, épanouie,
Qui lui rappellerait celles de la patrie
Par son riche parfum et son brillant éclat,
Digne d'un autre ciel et d'un autre climat?

Ce qu'il éprouverait, nous l'avons pu comprendre
Quand, parmi les rochers du sinistre Grimsel,

Entre son lac de mort, et son lugubre ciel,
Douce apparition, elle vint nous surprendre,
Vêtue en montagnarde et les cheveux tressés;
Déployant ses trésors de grâces séduisantes,
Que, malgré leur orgueil, les beautés opulentes
De nos riches salons n'auraient pas effacés.

LE CERVIN (1).

Le jour pénètre au fond des obscures vallées :
Dans le ciel, à présent dégagé, lumineux,
Le soleil monte, inondant de ses feux
Les pics sans nombre aux crêtes dentelées,
Les neiges que jamais pas humain n'a foulées,
Et les aiguilles d'azur
Des grands glaciers océans des montagnes;
Puis le torrent qui va mugissant large et pur,
Grossir au loin les lacs dormant dans les campagnes.

Comme un Titan qui menace les cieux
Apparaît le Cervin dominant l'étendue :
Au-dessus des glaciers bleus,
Au-dessus des grands pics à la cime âpre et nue,
Au-dessus de la neige à leurs flancs suspendue,
Au-dessus des torrents précipitant leur cours,

(1) Seule montagne des Alpes qui n'ait pas encore été gravie.

Sa haute et blanche pyramide
Se dresse, et plane, éternelle, splendide,
Dans l'air étincelant qui baigne ses contours.
Mais toujours à son angle on découvre un nuage ;
On l'y voyait hier, on l'y voit ce matin,
Envieuse vapeur qui d'en bas se dégage,
Et souille la blancheur du glorieux Cervin.

Ainsi le cœur, auquel rit le plus la fortune,
Même au point le plus haut de la prospérité,
Porte avec lui toujours un soin qui l'importune,
Et trouble son orgueil et sa sérénité.

Ainsi toujours le plus noble génie
Laisse voir, au milieu de sa sublimité,
Une ombre, une faiblesse, éternelle ennemie
Qui trahit sa misère et son humanité.

LE GUIDE.

Après quatorze jours de course
Dans ces monts âpres et neigeux,
Après avoir franchi la source
De maint fleuve au nom glorieux,
Nous terminons notre voyage;
Et, tous deux, en nous séparant,
Nous nous donnons le témoignage
D'un cordial attachement.

Toi, tu rentres dans la montagne
Pour y retrouver tes chalets,
Rapportant de notre campagne
Le gain qu'au départ tu rêvais,
Force fatigues, et sans doute
Des souvenirs, au moins, bien froids,
Du beau pays où tu fis route,
Dieu seul dirait combien de fois.

Devant ta famille étonnée,
Tu vas compter tes pièces d'or,
Espérant bien qu'une autre année
Grossira ton petit trésor;
Par quelque achat prudent et sage,
Tu vas embellir ta maison,
Puis travailler avec courage
Jusqu'à la nouvelle saison.

Moi, je vais regagner la plaine,
Et puis rentrer dans la cité.
Dans les flots de la foule humaine,
Océan toujours agité,
Où gronde plus d'une tempête
Dont tu comprends peu la raison,
Et dont le bruit souvent s'arrête
Sans atteindre cet horizon.

Je rapporte une ample richesse
De souvenirs vifs et joyeux,
Dont les mille images sans cesse
Tourbillonnent devant mes yeux,
Et me visiteront encore
Plus d'une fois, en ces moments

Où le présent trop incolore
Rend les jours passés plus brillants.

En essaims légers et mobiles,
Les uns aux autres se mêlant,
Ou bien isolés et tranquilles,
Avec lenteur se succédant,
Ils viendront dans ma solitude
Doucement peupler mon repos,
Ils viendront aux heures d'étude
Se jouer parmi mes travaux.

Je verrai, comme dans un songe
Apparaître de grands lacs bleus,
Au bord desquels maint pic s'allonge
En pyramide vers les cieux,
Et puis des ligues prolongées
De montagnes aux sommets blancs,
Avec des forêts ravagées
Couvrant leurs bases et leurs flancs.

Je verrai la Iung-frau rebelle
Développer dans le lointain
Son manteau de neige éternelle,
Où vainement le pas humain

Tâche de poser son empreinte,
Puis Interlaken, vert et frais,
Les grands arbres formant l'enceinte
De cette ville de chalets.

Je penserai gravir encore
Le Faulhorn aride et glacé,
Et voir au lever de l'aurore,
L'Oberland, de pics hérissé,
Se montrer sur la voûte sombre
Qui s'illumine par degrés,
Tandis qu'en bas les lacs dans l'ombre
Dorment encor, non éclairés.

Le Grimsel farouche et sauvage,
L'Aar et ses glaciers déserts,
Les moraines, âpre rivage
De ces froides et tristes mers,
La Gemmi droite et menaçante
Apparaissant au voyageur
Comme un rempart qui lui présente
Une infranchissable hauteur,

Le Valais à l'aspect sévère,
Zermatt, et l'immense Cervin

S'élevant noble et solitaire,
Puis mille autres sites enfin,
Viendront offrir à ma pensée
Leur image et leur souvenir,
Et dans mon âme ainsi bercée,
De tout leur éclat resplendir.

Cependant, toi qui fus mon guide
Dans ces parages merveilleux,
D'une main active et rapide
Taillant le sapin résineux,
Et, tranquille sous ta chaumière,
Tu seras heureux et content
De passer la journée entière
Près de ton foyer bien flambant.

LE CRÉTIN.

Douce, heureuse, et facile, est pour lui l'existence ;
La pitié du village est une providence
Pour le pauvre idiot qui naquit dans son sein.
Chaque jour il est sûr de récolter son pain ;
Chaque soir il est sûr, lorsque sa course est faite,
D'obtenir un abri pour protéger sa tête :
Et quand l'heure viendra de son dernier soupir,
Il trouvera sans peine un grabat pour mourir.

Fils de l'insouciance et de l'heure présente,
S'il souffre, s'il gémit, son âme imprévoyante
N'aggrave pas son mal par les sombres terreurs
Que la réflexion ajoute à nos douleurs.
Ressent-il de la joie, une sagesse austère
Ne lui dit pas qu'elle est trompeuse et passagère,
Qu'un chagrin imprévu va, dans un court moment,
Changer peut-être en pleurs son sourire imprudent.

Après un jour d'orage et de sombre atmosphère,
Quand le soleil, versant ses trésors de lumière,
Enveloppe les monts aux grands sommets neigeux,
Son visage égayé s'illumine comme eux;
Puis, lorsque de nouveau le ciel gronde et menace
Il attend résigné que la tourmente passe ;
Blotti sous quelque toit, il chante sa chanson
Tandis que le torrent dévaste la moisson.

Les opulents du jour et les Grands de la terre
Qui viennent visiter son hameau solitaire,
Pour lui sont un spectacle; ils amusent ses yeux
Sans en faire jaillir un éclair envieux.
Leurs plaisirs, leurs splendeurs, et leur magnificence
Présentent à son humble et courte intelligence
Des mystères brillants qu'il n'approfondit pas;
Tant d'autres, en effet, sont semés sur ses pas!

Enfin, quand de ses jours se brisera la trame,
Sans remords, sans regrets, s'exhalera son âme :
De lui, nul souvenir ne vivra parmi nous;
Il aura, dans ce monde, être inutile et doux,
Passé comme le flot de cette faible source
Qui va dans le grand lac ensevelir sa course,
Sans mériter un nom, et sans avoir porté
Nulle part le ravage ou la fécondité.

LE CRAPAUD.

Dans cet âpre désert où la noble nature
Même au sein du chaos étale sa grandeur,
Pourquoi venir soudain, hideuse créature,
Déployer à nos yeux ton informe laideur?

Depuis longtemps sans doute, il traîne ainsi sa vie,
En dépit des saisons sautillant et rampant;
Car toujours le trépas, comme à dessein, oublie
L'être le plus nuisible ou le plus repoussant.

Bien des fois sur les monts aux pentes gazonnées
La gentiane ouvrit ses longs calices bleus;
Du vert rhododendron les fleurs se sont fanées
Bien des fois sur les flancs des hauts sommets neigeux,

Depuis qu'à l'aventure, et lourdement, il erre
Entre ces rocs épars; ou bien, dort retiré
Dans un obscur réduit; immonde solitaire
Qui semble vouloir vivre et mourir ignoré.

« De ton cruel mépris, ah! pourquoi donc poursuivre
Celui qui fuit tes pas,
Qui, de ton propre aveu, seul, dans l'ombre aime à vivre
Sans te donner sujet de vouloir son trépas.

Trop heureux de pouvoir, dans ma retraite humide,
Échapper à tes yeux,
Je te cède avec joie, usurpateur avide,
Ma part de la chaleur et de l'éclat des cieux.

Je ne réclame rien de ces terres fertiles
Où paissent tes troupeaux,
Rien de ces grands lacs bleus, si purs et si tranquilles
Où tu vas relancer les habitants des eaux;

Rien de ces hauts sommets aux neiges éternelles
Que tu foules en roi,
Rien de ces beaux palais, splendides citadelles
Où l'insecte de l'air pénètre malgré toi;

Rien de ce monde enfin soumis à ta puissance,
Et que par tes labeurs tu prétends ennobli;
J'implore seulement de ta magnificence
« Quelques pouces d'un sol inutile, et l'oubli. »

LA DAME BLANCHE DU BONNANT (1).

Était-ce une mortelle, ou bien une déesse,
Qu'en son réduit secret mon œil osa braver,
Et dont la forme enchanteresse
Même à cette heure encor me fait ainsi rêver ?

La cascade retentissante
Tombait en neige éblouissante
Dans le gouffre noir et profond,
Tandis que l'écume légère
Volait en humide poussière,
Et réfléchissait le rayon
Qui, chaque matin, la colore,
Quand le jour succède à l'aurore.

---

(1) En patois Savoisien, débris peut-être de l'ancienne langue *romance*, le mot *nant* signifie torrent. Le *bon-nant*, le *nant-Boran*, deux torrents situés dans les environs de St-Gervais.

Nant en langue Celtique, lieu bas et humide : *Nantes, Nanterre, Nancy, Nantua ;* etc.

Sous le rayon étincelant
Et près d'un roc que, le torrent
Battait de son onde écumeuse,
Une figure merveilleuse
Frappa mon régard étonné.
Sa pose noblement paisible,
Du torrent à la voix terrible
Bravait le courroux déchaîné.

Une clarté vive et sereine
Animait l'azur de ses yeux;
Sous une guirlande de chêne
Se déroulaient ses blonds cheveux;
Et sa robe longue et flottante,
Qu'une ceinture de rubis
Serrait sur sa taille élégante,
L'entourait de ses larges plis.

Était-ce une mortelle, ou bien une déesse
Qu'en son réduit secret mon œil osait braver,
Et dont la forme enchanteresse,
Même à cette heure encor, me fait ainsi rêver?

Mais soudain, un sombre nuage
Couvrit le soleil éclipsé;

Le site devint plus sauvage,
L'onde plus terne, et l'air glacé ;
Et cette forme ravissante,
Par degrés s'évanouissant,
Une horreur froide et pénétrante
Enveloppa tout le torrent.

Était-ce une mortelle, ou bien une déesse
Qu'en son réduit secret mon œil osa braver.
Et dont la forme enchanteresse
Même à cette heure encor, me fait ainsi rêver ?

LE RÉVEIL.

Les sombres forêts de sapins
Dans la nuit se cachent encore;
Mais la cime des monts lointains
Par degrés déjà se colore.

Sur l'Arve, un brouillard transparent
Ondule comme un léger voile;
Au ciel qui blanchit lentement
Scintille une dernière étoile.

Pour tracer de nouveaux sillons
Le laboureur gagne la plaine.
Vers ces pics aux maigres gazons,
Le faucheur gravit avec peine.

Laisse ta couche, ô voyageur,
L'heure du réveil est venue;
Il faut reprendre avec vigueur
La marche hier interrompue.

Bientôt, à nos yeux, le Mont-Blanc,
Paré d'une splendeur nouvelle,
Va dévoiler son Océan
De neige et de glace éternelle.

SOUVENIR DU PAYS DE GALLES.

O rives de la Dye à l'aspect vert et frais,
Puis-je espérer de vous revoir jamais?

Quand l'air est sans nuage et le flot sans murmure,
Notre lac réfléchit, dans son eau calme et pure,
La vieille tour d'Helvins,
Et la sombre verdure,
Et le bois de sapins.

Ainsi, quand ma pensée est calme et sans nuage,
Dans mon cœur enchanté s'élève votre image;
Alors je vous revois,
Belles comme autrefois,
Aux jours de mon jeune âge.

O rives de la Dye, à l'aspect vert et frais,
Puis-je espérer de vous revoir jamais?

Lorsque le vent s'élève, et qu'en sifflant il passe
Sur notre lac aimé, tout s'enfuit, tout s'efface,
Tout s'efface dans l'eau,
L'obscurité remplace
Le magique tableau.

Mais quand mon âme est sombre, et que triste est ma vie,
Plus nette dans mon cœur votre image chérie
Doucement m'apparaît
Avec tout son attrait,
Et sa douce magie.

O rives de la Dye, à l'aspect vert et frais,
Puis-je espérer de vous revoir jamais?

L'HEURE DE MINUIT.

A l'heure de minuit quand le ciel est serein,
Et qu'un léger brouillard s'étend sur la prairie,
Le voyageur qui suit lentement son chemin
Par des pensers rêveurs sent son âme envahie,
Pensers vagues et doux comme est notre prairie
A l'heure de minuit quand le ciel est serein.

A l'heure de minuit quand le ciel est serein,
Quand la lune se joue à travers le feuillage,
Le voyageur qui suit, en rêvant, son chemin,
Des jours qui ne sont plus voit se dresser l'image;
Image douce au cœur, comme dans le feuillage
La lune est douce aux yeux quand le ciel est serein,

A l'heure de minuit, quand le ciel est serein,
Quand tout se montre calme et grand dans la nature,
Le voyageur qui suit, en rêvant, son chemin,
Pense au monde des morts, qu'alors il se figure
Calme et majestueux comme l'est la nature,
A l'heure de minuit, quand le ciel est serein.

LES FIANCÉES (1).

La lune éclaire la prairie;
Son rayon paisible et dormant
Caresse la rive fleurie,
Et le saule aux feuilles d'argent.

Mais dans le fond de la vallée
Un brouillard faible et transparent,
Sur l'herbe doucement voilée,
Par degrés se forme et s'étend.

Puis une voix mélodieuse
Au loin s'élève par moment;
Elle rend pensive et rêveuse
L'âme de celui qui l'entend.

(1) Les *Elfes*, suivant les traditions populaires du Nord, étaient des fiancées mortes avant le mariage. Elles revenaient sur terre danser la nuit au clair de lune. Leur rencontre n'était pas sans danger, car elles forçaient l'intrus de prendre part à leurs jeux jusqu'à ce qu'il tombât épuisé et mourant.

Ces femmes pâles, mais si belles,
Qui chantent là-bas en dansant,
D'où viennent-elles, que font-elles
Quand tout est paisible et dormant ?

Est-ce une robe, est-ce un suaire,
Ce large, ce long vêtement
Dont la frange rase la terre,
Et sur leurs pieds tombe en flottant.

Des roses blanches les couronnent ;
Comme un marbre leur teint est blanc :
Au vent leurs cheveux s'abandonnent,
Et dans l'air volent librement.

Jusqu'au matin ainsi leur danse
Avec art se mêle à leur chant ;
Puis, sitôt que le jour commence
Tout s'évanouit à l'instant.

En vain on chercherait leur trace
Sur le sol frais et verdoyant ;
L'herbe est droite, intacte, à la place
Qu'effleurait leur long vêtement.

Ces femmes sont les fiancées
Qu'à l'hymen rose et souriant
Le trépas, de ses mains glacées,
Ravit impitoyablement.

Laissant la tombe froide et dure,
Elles viennent danser gaîment
Quand la nuit est sereine et pure,
Quand tout est paisible et dormant.

LE VIEUX CHÊNE [1].

Rien de nouveau sous le soleil.

Oui, comme possédé d'un respect curieux,
Toujours je te regarde, ô noir et sombre chêne,
Dont le vaste feuillage et le grand tronc noueux
Se montrent isolés, au milieu de la plaine.

Qu'est-tu donc ? un débris des antiques forêts
Qui couvraient ce pays aux siècles de nos pères ?
N'as-tu pas abrité, sous ton ombrage épais,
Des druides gaulois les farouches mystères ?

(1) Tennyson, le poëte lauréat Anglais est l'auteur d'une pièce de vers intitulée : *the Old oak*. Elle ressemble peu à la nôtre.

Ou bien n'ornais-tu pas, aux âges féodaux,
D'un orgueilleux baron le gothique domaine ?
N'as-tu pas vu passer, sous tes larges rameaux,
Le chevalier, le serf, la blanche châtelaine ?

Ou bien, t'élevais-tu près du chaume écarté
D'un pauvre laboureur courbé sur la charrue ?
Est-ce son humble main qui jadis t'a planté
Pour être un jour le roi de la vaste étendue ?

Mais avant tout, dis-moi, depuis que dans les airs
Se dresse ainsi ton front vieux de mille ans peut-être,
Dis-moi ce que, durant tant d'étés et d'hivers,
Tu vis grandir, tomber, paraître, et disparaître.

Il me répond : j'ai vu l'immuable soleil
Chaque matin au monde apporter la lumière,
Et ranimer partout, en chassant le sommeil,
Le concert éternel de joie et de misère ;

Puis, chaque soir, la nuit lentement s'abaisser,
Entourant l'univers d'ombres et de silence,
Et sur tous, et partout, paisiblement verser,
Comme un baume divin, l'oubli de l'existence.

J'ai vu se succéder tour à tour les saisons;
Le printemps, entouré de ses chaudes haleines,
Sur l'arbre rajeuni déployer les bourgeons
Et verdir les côteaux, les forêts, et les plaines:

Puis l'été, tout-puissant en sa fécondité,
Ouvrir à larges flots les sources de la vie;
L'automne enfin venir et détrôner l'été,
Et l'hiver ramener la mort et l'inertie.

J'ai vu les mille essaims des insectes joyeux
Naître et tourbillonner dans l'air et la verdure,
Vivre une heure, et mourir, sans regret, comme heureux
D'obéir à la loi qui régit la nature.

Tous les hôtes des bois, tous les hôtes des cieux,
Je les vis accomplir la même destinée;
Leurs ancêtres l'avaient accomplie avant eux,
Et leur race, après eux, y sera condamnée.

J'ai vu passer les flots des superbes humains
Emportés sans retour vers le sombre rivage:
Et tous ils s'écriaient : « nous laissons aux chemins
Des traces qui diront longtemps notre passage,

Nous ne ressemblons pas aux faibles animaux
Qui ne changent jamais leurs œuvres éphémères. »
Vain orgueil ! eux aussi, comme de vils troupeaux,
Recommençaient toujours la tâche de leurs pères.

Ils naissaient et croissaient, semaient et moissonnaient,
Bâtissaient des maisons, où, durant quelques heures,
Tristes, gais, tour à tour, ils riaient ou pleuraient ;
Et pour la tombe enfin ils quittaient leurs demeures.

Ils changeaient leur langage, et non leurs passions,
Sous des drapeaux divers voulant les mêmes choses :
Les mêmes intérêts dictaient leurs actions ;
Mêmes effets toujours, naissant des mêmes causes.

Ce que j'ai vu depuis bientôt près de mille ans,
Sois-en sûr, tu l'as vu pendant ta courte vie :
Ainsi donc, à mon sort prolongé si longtemps,
Crois-moi, faible mortel, ne porte pas envie.

Oui, quand viendra le jour marqué pour ton trépas,
Tu devras sans regrets parmi les morts descendre ;
Car tu sais ce que peut savoir l'homme ici-bas,
Le sépulcre aura seul des secrets à t'apprendre.

LES TROIS SŒURS (1).

Bien au loin, vers le Nord, dans les vastes forêts,
Se dresse, m'a-t-on dit, un magique palais.
Au-dedans sont trois sœurs, qui, d'une main légère,
Ourdissent une toile à la fois sombre et claire.

En fournissant ainsi leur tâche, toutes trois
Chantent les mots suivants, et divine est leur voix :
« Pour les faibles mortels que le sort nous confie
Tissons vite, tissons la toile de la vie.

(1) La *saga* islandaise qui a été l'occasion de cette pièce de vers, est assez étrange. Elle raconte qu'un voyageur entra un jour dans une chaumière située au milieu d'une vaste solitude ; il y vit trois femmes occupées à tisser une toile avec des membres humains. Il apprit bientôt qu'à l'heure où il avait fait cette singulière rencontre, une grande bataille se livrait entre deux chefs Scandinaves. Ces trois femmes étaient les *Walkyries* (Parques de la Mythologie Scandinave). La toile qu'il les avait vues tisser, était formée avec les héros succombant pendant l'action.

L'une des sœurs sourit, et quand son fil est noir,
Elle aime à le parer des couleurs de l'espoir.
« Pour les faibles mortels que le sort nous confie
Tissons vite, tissons la toile de la vie. »

L'autre est belle, mais grave, et marie, en rêvant,
Aux fleurs du souvenir la trame du présent.
« Pour les faibles mortels que le sort nous confie
Tissons vite, tissons la toile de la vie. »

La troisième se penche, et mêle avec chagrin
L'amertume des pleurs à l'œuvre de sa main.
« Pour les faibles mortels que le sort nous confie
Tissons vite, tissons la toile de la vie. »

LE RÊVE.

Il est des jours, dans l'existence,
Où nous voudrions rétrécir
Le cercle que la Providence
Nous traça pour vivre et mourir ;
Où nous rêvons, pour nous soustraire
Aux épreuves de chaque jour,
D'enfouir en un lieu solitaire
Notre vie et notre séjour.

Nous voudrions avoir des ailes
Comme la colombe, et chercher,
Au sein des forêts éternelles,
Un désert afin d'y cacher
Nos dégoûts et notre faiblesse :
Et là, savourer à longs traits,
A longs traits, et jusqu'à l'ivresse,
L'oubli, le repos, et la paix.

Désir impuissant et vain rêve !
Car il nous faut suivre toujours,
Toujours, sans relâche et sans trêve,
Le rude sentier dont le cours
Est par la suprême puissance
A chaque homme ici-bas tracé,
Quand, pour accomplir l'existence,
Sur ce globe il se voit placé.

Et comme après le flot, se dresse
Un autre flot, que doit franchir
Le rameur qui lutte sans cesse
Sous l'onde prête à l'engloutir ;
Ainsi, pour nous dans cette vie,
Le devoir succède au devoir,
Et notre tâche n'est finie
Qu'à l'heure où vient le dernier soir.

NOVISSIMA VERBA (1).

Tout prêt à déposer le fardeau de la vie,
Fardeau souvent si lourd et pourtant regretté,
Je me demande, alors que ma tâche est finie,
Si je l'ai dignement ou lâchement porté.

---

(1) L'Évêque d'Upsal Wallin, a écrit quelques jours avant sa mort des vers que nous nous faisons un plaisir de rapporter ici :
Ils développent la même idée que les nôtres.

Pauvre front fatigué, repose en paix, repose,
Que tes derniers pensers d'espérance et d'amour
S'en aillent maintenant vers l'éternel séjour
Où le soleil d'en haut éclaire toute chose ;
Repose en paix, repose.

Pauvres bras fatigués, croisez-vous sur mon sein :
Croisez-vous pour prier à cette heure suprême ;
Déjà ma faible voix meurt sur ma bouche blême :
La force m'abandonne et je touche à ma fin.
Croisez-vous sur mon sein.

Pauvre âme fatiguée, il a fallu combattre ;
Mais l'heure de la paix à présent va venir :

Je ne sais ; car hélas ! la conscience humaine,
Sur la route où chacun doit marcher ici-bas,
Ne verse pas toujours une clarté certaine ;
Dans l'orage souvent son phare ne luit pas.

L'homme doit, au milieu de l'épaisse poussière
Que le combat soulève, errer plus d'une fois.
Qui donc oserait dire à son heure dernière :
« J'ai toujours distingué mes devoirs et mes droits ? »

Deux choses, en ce jour de mortelle tristesse,
En ce jour de terreur, me rassurent pourtant ;
La clémence divine et ma propre faiblesse,
Qu'humblement je prosterne aux pieds du Tout-puissant.

Oui, je dépose enfin le fardeau de la vie.
Vous qui me remplacez, portez-le vaillamment,
Ayez plus de droiture, ayez plus d'énergie,
Sans dédaigner celui qui l'a trouvé pesant.

A tout ce qui t'aima, donne encore un soupir
Et puis repose après ta lutte opiniâtre :
Il a fallu combattre.

(Traduction de X. Marmier.)

CONSEIL.

Fais bien et laisse dire.
EPICTÈTE.

Laisse dire, crois-moi, l'envie et l'ignorance ;
Laisse ces chiens hargneux t'entourer de leurs cris.
Si ton labeur, un jour, obtient sa récompense,
Tu verras en faveur se changer leur mépris.

Mais si, par le destin ton audace est trahie,
Ou bien si ta vigueur ne sert pas tes efforts :
Va ! laisse dire encor l'ignorance et l'envie,
Laisse sans y répondre éclater leurs transports.

Ils se tairont bientôt vaincus par ton silence,
Ces transports, vains échos d'une aveugle fureur ;
Un bienfaisant oubli couvrant ton existence,
Tu trouveras la paix à défaut de grandeur.

Plus d'une joie attend le généreux athlète
Vaincu sans déshonneur en de nobles combats,
Qui s'en va fièrement chercher une retraite
Sans qu'un remords l'y suive, et s'attache à ses pas.

Le spectacle du monde et ses vicissitudes
Consolent sa disgrâce et charment ses loisirs ;
Si le sort lui défend de si hautes études,
Un plus humble travail est-il donc sans plaisirs ?

Pareil à ce héros dont nous parle le Dante (1),
Il ressemble au lion calme dans le repos ;
Sans crainte, sans regret, et sans rancune ardente,
Il laisse triompher de plus heureux rivaux.

---

(1) Dans *la divine Comédie,* le Dante, en montrant à Virgile, son guide, le poëte Italien Sordello ; lui demande « quel est celui qui se tient là-bas, calme et fier, dans l'attitude du lion qui se repose ? »

LES DEUX TURCS.

Il lui dit le péril, il lui montra l'écueil;
Mais Alph ne le crut pas, ne devait pas le croire,
Et, rempli d'espérance et d'un naïf orgueil,
Partit chercher l'amour, la richesse, la gloire.
Celui-là qui restait se tut alors, et dit :
« C'était écrit.

Alph revint, triste et maigre, après plus d'une année,
Triste, mais mieux instruit, maigre, mais vigoureux;
Flétri, battu, roulé par la vague acharnée
A travers les récifs et les vents furieux,
Et ne rapportant rien de sa course effrénée.

L'autre lui présenta le siége accoutumé;
Et puis il donna l'ordre à la fidèle esclave
De servir le pilaw, le tabac parfumé;
Et voyant ses haillons, sa maigreur, son teint have,
Sans faire un seul reproche, en lui-même il se dit :
« C'était écrit. »

— Oui, c'est écrit, non point par l'aveugle puissance
Qu'on appelle le sort, mais par la providence,
Que tout homme, une fois au moins, doit ici-bas,
Se tromper, rester sourd aux avis du plus sage,
Qu'il doit s'instruire enfin par lui-même, par l'âge ;
N'apprécier la paix qu'après bien des combats
Utiles pour grandir sa force et son courage.

LA PASSION DU CHRIST.

Ecce homo.

Il existe un récit magnifique et sans art,
Comme ces monuments d'une antique origine
Dont chacun se demande, en baissant le regard,
S'ils sont de main terrestre, ou bien de main divine.

Eternelle leçon de tout homme ici-bas,
Ce long récit nous peint d'indicibles souffrances,
L'opprobre, l'abandon, les horreurs du trépas,
Les découragements, les tristes défaillances.

Mais, ainsi qu'au milieu des épaisses vapeurs
Qu'à l'horizon parfois le vent du soir amasse,
Nous voyons se trahir par de vives splendeurs
Un astre dont la brume enveloppe la face;

De même, à chaque instant, sous ce poids odieux
De honte, de douleur, d'angoisse inépuisable,
Un être auguste et fort se révèle à nos yeux
Domptant l'humanité qui par moment l'accable.

Et l'homme, en contemplant cet étrange tableau
Où la grandeur jaillit du sein de la détresse,
Se sent plus fort aussi pour subir le fardeau
Que sur lui font peser la vie et sa faiblesse.

LE CHEVREUIL.

Frondibus et victu pascuntur simplicis herbæ ;
Pocula sunt fontes liquidi exercita que cursu
Flumina, nec somnos abrumpit cura salubres.
Georg. liv. III.

Le coursier aime et craint le bras qui l'a dompté,
Et, nous prêtant sa force et son activité,
Comprend nos passions, les sert, et les partage.
On le voit frémissant, fier de son esclavage,
Plier avec orgueil son cou sous le frein d'or,
Tressaillir au clairon qui le mène à la mort,
Et chercher, plein d'ardeur, le carnage et la gloire.

Le chien, humble et docile, a perdu la mémoire
Des jours qui le voyaient, libre, errant dans les bois.
Hôte de nos foyers, et gardien de nos toits,
Il s'égaye avec nous ; et son cœur doux et tendre,
Devine nos chagrins s'il ne peut les comprendre.
Mais, doux pour l'homme seul, il le sert sans pitié
Dans ses plaisirs cruels qu'il partage à moitié.

Le robuste taureau, se pliant au servage,
Promène indolemment sa majesté sauvage

Dans l'enclos verdoyant qu'on assigne à ses pas,
Et cet empire étroit, il ne le franchit pas.
Ainsi donc, chacun d'eux bénit la destinée
A laquelle à jamais sa vie est enchaînée.

Mais au léger chevreuil, hôte de nos forêts,
Il faut l'indépendance avant tout, et la paix ;
Car l'orgueil de la lutte, et l'altière parure,
La chaleur du foyer, la facile pâture,
Tout ce que l'homme enfin pourrait lui procurer
Ne saurait de son cœur se faire désirer.
Ce qu'il faut à ce fils de la libre nature,
C'est le lac sommeillant, à l'onde froide et pure,
La course sur les monts à travers les grands pins,
Loin du bruit, et des voix, et des pas des humains,
Le repos à midi sur les rouges bruyères,
Alors que le soleil inonde les clairières,
Puis, quand le soir descend, paisible dans les cieux,
Et noircit l'épaisseur des bois silencieux,
La promenade calme, à pas lents, incertaine,
Au bord de la forêt, aux confins de la plaine.

Le chevreuil avant tout cherche la liberté
Fille de la retraite et de l'obscurité ;
Et qui parfois, lassé des luttes de la vie,
Au libre enfant des bois ne porte pas envie ?

LES OASIS.

Il est de courts moments où sur la mer immense
Vient à régner soudain un magique repos;
Le vent tombe; une douce et suprême puissance
L'endort profondément, et calme aussi les flots.

L'air est tiède, et du ciel la voûte est azurée,
Et le bleu de la vague au bleu du ciel répond;
Le rivage désert, la grotte retirée,
Semblent participer à ce charme profond.

Cela dure un moment, puis survient un nuage,
Un souffle d'air, un rien sur l'onde ou dans les cieux,
Qui, sans verser le trouble ou déchaîner l'orage,
Dérange néanmoins ce calme harmonieux.

Ainsi toute existence, et même la plus sombre,
A ses heures parfois de trêve et de repos;
Mais hélas! ici-bas, qu'il est petit le nombre
Des moments où l'on peut oublier tous ses maux!

On les nomme à bon droit *Oasis* de la vie ;
Car ils s'offrent à nous épars dans le passé
Comme des points riants, dont notre âme ravie
Emporte un souvenir en lettres d'or tracé.

VARIUM ET MUTABILE.

Celui qui veut bien faire éprouve trop souvent
Le malaise fatal du découragement ;
Il s'assied, fatigué, sur le bord de la route,
Ressentant tour à tour le dégoût et le doute.
Il se plaint comme Job, en voyant prospérer
L'homme indigne ou coupable, et la foule adorer
Le succès, sans chercher quelle en est l'origine.
Il s'irrite en voyant le sage qui s'incline,
Lui-même à son insu, devant un étendard
Couronné par le crime ou bien par le hasard ;
Il s'afflige, en voyant la conscience humaine
Dans ce cahos moral, déroutée, incertaine,
Souvent ne plus savoir où porter son encens :
Quand sur un même autel, des Dieux si différents
Tour à tour acclamés, reçoivent un hommage
Que remplacent bientôt le mépris et l'outrage.

Il lève vers le ciel un œil accusateur,
Condamne amèrement son étrange lenteur
A montrer aux humains que Dieu n'est pas complice
De ceux dont pour un temps il souffre l'injustice;
Que s'il permet au mal de régner ici-bas,
Sa providence au moins ne le consacre pas.
Il s'accuse lui-même, et se prend en dégoût
Pour ses vagues ennuis qu'il retrouve partout.
Il s'en veut de sa lâche et stérile tristesse,
Fruit de la défaillance et non de la sagesse ;
Et cependant, ne tente aucun réel effort
Pour, à son cœur brisé, rendre quelque ressort;
Finissant par trouver comme une joie amère,
Comme un charme secret au fond de sa misère.

Puis vient un jour enfin, jour heureux, bienfaisant,
Où s'usent le dégoût et le doute énervant.
Ici-bas, en effet, la joie et la souffrance
N'ont pas longtemps sur nous une même puissance ;
Le monde redevient moins lugubre à ses yeux,
La terre lui sourit, et l'espoir brille aux cieux ;
Alors, d'un pas agile et l'âme plus légère
Il se remet en route, et poursuit sa carrière.

DURA LEX.

Ah! s'il est une loi désolante et cruelle
Qui trouve le penseur insoumis et rebelle,
Ce n'est pas, croyez-moi, cette fatalité
Par laquelle le crime et la perversité
Trop souvent dans ce monde exercent leur puissance ;
Mais bien cette autre loi qui force l'innocence
A causer, elle aussi, la mort et la douleur ;
En sorte que, malgré sa grâce et sa douceur,
Un être doit toujours opprimer et détruire,
Par cela seul qu'il vit, et se meut, et respire.

Oui, le sage peut voir, et sans être troublé
Par le tigre en fureur le chevreuil immolé,
Ou par l'autour sanglant la colombe saisie,
Muette de terreur lui résigner sa vie ;
Il peut voir un stupide et cruel Gengiskan
Massacrer tout un peuple et rire en l'égorgeant,

Sur des fossés remplis d'affreuses funérailles
Faire au son des tambours élever des murailles,
Il peut voir tous ces maux, et se dire : ici-bas,
Le méchant doit régner et donner le trépas.

Mais, lorsque devant nous la timide génisse
En écrasant la fleur à l'odorant calice,
Écrase aussi l'abeille occupée humblement
A chercher sous ses pas un butin innocent,
Ou bien anéantit tant d'êtres invisibles
Dans l'herbage broyé par ses dents insensibles;
Lorsque les animaux les plus inoffensifs
Se faisant de la mort les pourvoyeurs actifs,
Prêtent sans le savoir une aide involontaire
A la fatalité qui domine la terre;

Quand nous voyons enfin l'homme, pour accomplir
L'inévitable loi de vivre et de grandir,
Contraint de promener dans toute la nature
Le désordre et la mort, sans pitié, sans mesure
Obligé trop souvent d'attaquer son pareil
Afin d'avoir sa part du globe et du soleil;

Quand, afin d'obtenir sa place légitime,
Nous le voyons forcé de faire une victime,

Sur le malheur d'un autre élever son bonheur,
Puis sourire, ignorant qu'il est un oppresseur ;

Comment nous résigner ainsi que certains sages,
Innocents professeurs de doctrines sauvages,
Apôtres bienveillants du mal comme du bien,
Qui pour tout expliquer ne blâment jamais rien,
Et disent froidement : « Ce monde est Dieu lui-même ;
En lui règnent le vrai, la justice suprême (1)? »
Qu'on nous dise plutôt : « Pourquoi vous révolter
Contre un ordre immuable, et qui doit subsister ?
Cette fatale loi renferme un grand mystère ;
Vous devez la subir, l'accepter, et vous taire.

---

(1) Les Panthéistes sont presque tous des savants doux et inoffensifs, cependant les conséquences naturelles de leur doctrine sont terribles ; le Panthéisme, en effet, mène à considérer dans l'ordre matériel et dans l'ordre moral, tout comme fatal et divin.

LE DINER.

Dulce est desipere in loco
HORACE.

S'il est utile et bon, afin que nos esprits
Par trop de positif ne soient pas amoindris,
De savamment traiter ces questions ardues,
Toujours mises en jeu, mais jamais résolues;
Vrais rochers de Sisyphe, avec effort poussés
Et retombant sur ceux qui les ont avancés;
Il faut aussi parfois laisser les grandes choses,
Et sagement badins, « nous couronner de roses »
Puisque le ciel a mis des roses ici-bas.
Non, nous ne devons point fuir les joyeux ébats,
Puisque le ciel a mis, au fond de l'âme humaine,
L'heureux don d'oublier le travail et la peine,
A semé sur nos pas, avec tant de bonté,
De si nombreux moyens d'éveiller la gaîté :
Mais je n'en connais pas de plus puissant peut-être
Pour la faire, un instant, sur nos fronts apparaître,
Qu'un modeste banquet, tel que je le conçois;
Tel que vont le tracer ces vers un peu bourgeois.

En été, quand vient l'heure où le soleil commence
A perdre lentement ses feux et sa puissance,
Et, donnant aux humains ainsi qu'aux animaux
Le signal bien-venu de cesser leurs travaux,
Semble un roi glorieux, qui, descendant du trône,
Rend leur indépendance à ceux qu'il abandonne;
A cette heure bénie, où je viens à mon tour
Me délasser joyeux de ma tâche du jour,
Mon rêve est de trouver, dans une simple salle,
Une table élégante, un peu plus que frugale,
Des convives choisis, partant pas très-nombreux,
Gens d'esprit, suivant moi du moins, et suivant eux.
Leur conversation, rapide, alerte, agile,
S'élevant, descendant, et d'une aile mobile
Touchant, effleurant tout, ne restera jamais
Longtemps, ni lourdement, sur les mêmes sujets,
Mais hâtera toujours sa course imprévoyante.
Elle rappellera cette lueur changeante,
Pur reflet d'un miroir que parfois un enfant
Fait aller et venir dans un appartement,
Et qui, sur les lambris courant prompte et légère,
Tantôt vole au plafond, tantôt rase la terre.
Afin d'entretenir cette fantasque humeur,
Les mets nous prêteront leur piquante saveur;

Et Bacchus, d'une main modérée et prudente
Versera par moment sa liqueur stimulante.
Patriotes zélés, économes gourmets,
C'est aux crus du pays, c'est au Bacchus français
Que nous demanderons une honnête allégresse ;
Les vins de la Gironde, ennemis de l'ivresse,
Ceux-là plus généreux, et dont avec raison
Aime à s'enorgueillir le rude Bourguignon ;
Ces autres moins vantés, enfants de la Moselle,
Vins légers et piquants, agréables comme elle,
Rougiront tour-à-tour nos verres transparents ;
Mais les plaisirs du goût ne sont pas suffisants ;
Ils ne donnent jamais qu'une joie incomplète,
Et la vue elle aussi doit être satisfaite ;
De notre table donc, je voudrais entrevoir
Quelques arbres touffus, d'où le souffle du soir
Enverrait jusqu'à nous, sur son aile expirante,
Comme un muet tribut de fraîcheur odorante ;
Superbes marronniers, ou flexibles lilas,
Il m'importerait peu ; puis, durant le repas,
Si quelque sérénade, éloignée, imprévue,
S'élevait, fût-ce même un concert de la rue,
Alors, sans demander rien de mieux, rien de plus,
Je me proclamerais un nouveau Lucullus.

LA ROSE.

Nimiùm brevis
Flores amænos ferre jube rosæ.
HORACE.

Des fleurs, ô toi, la souveraine !
Bien qu'on cherche à te détrôner,
Règne toujours dans mon domaine ;
Je ne veux que toi pour l'orner.

Parmi mes livres, sur ma table,
Ou bien dans mon humble salon,
J'aime à te voir, ô rose aimable,
Parant ce vase du Japon.

Ta senteur pénétrante et vive,
Au fond de mon âme répand
Un allégresse fugitive
Qui me rajeunit un instant.

De cette corne d'abondance
Qui verse à foison sur nos pas,
Par l'ordre de la Providence,
Mille dons fins et délicats;

Il n'est rien sorti qui décore
Si bien que toi notre séjour,
Belle fleur qu'un soleil dévore,
Belle rose qui dure un jour !

LA DOUBLE EXPROPRIATION.

Incerti quò fata ferant ubi sistere detur.
VIRGILE.

Pauvre oiseau dont la voix perçante
Chaque matin, les jours d'été,
Dans mon âme reconnaissante
Venait répandre la gaîté :
Du haut de mon cinquième étage,
J'entends pour la dernière fois
Ton sonore et brillant ramage
Qui me faisait rêver aux bois.

L'épaisse et paisible retraite
Où tu passas tant de saisons,
Le vaste massif, dont le faîte
Dominant le toit des maisons
Semblait une île verdoyante
Au sein de la grande cité,
Atteint par la hache tranchante
Aujourd'hui sera dévasté.

Un même sort attend l'asile
Où j'espérais, encor longtemps,
Vivre satisfait et tranquille,
Prêtant l'oreille à tes accents.
Car, parmi des flots de poussière,
Sous les marteaux retentissants,
Il va tomber pierre par pierre
Au grand péril des regardants.

Léger chantre à la voix joyeuse,
Auprès de mon futur destin
Combien ta fortune est heureuse !
Pendant un mois, soir et matin,
Je m'en vais parcourir la ville,
Le nez en l'air, l'œil aux aguets,
Cherchant un autre domicile
Pour m'y transporter à grands frais ;

Ensuite, mes Dieux domestiques
Devront gagner péniblement,
A travers les places publiques,
Mon humble et nouveau logement;
Mais toi, sitôt que sous la hache
Aura légèrement vibré
L'arbre dont l'épaisseur nous cache
Ton plumage noir et lustré,

Tu te lanceras dans l'espace,
D'un coup d'aile gagnant les cieux;
Sans vouloir disputer la place,
Tu t'enfuiras vers d'autres lieux;
Tu t'enfuiras d'un vol agile,
Portant, avec ta liberté,
Vers un parage plus tranquille
Tes chants si vifs et ta gaîté.

Qu'importe où sera ta demeure?
La distance t'arrête peu;
C'est un voyage d'un quart d'heure
Dans l'air libre, sous le ciel bleu;
La trouver est chose facile :
Devant toi l'espace s'étend,
Tu pourras choisir entre mille;
Petit oiseau, le monde est grand.

Que faut-il à l'espèce ailée
Pour son bonheur et son repos?
Dans un parc, une sombre allée,
Dans les champs, un bouquet d'ormeaux,
Où, quand la matinée est pure,
Où, quand se lève le soleil,
Brille sur la fraîche verdure
Un rayon furtif et vermeil.

LE CONSCRIT NORMAND.

Le fleuve est calme et vert sous les grands peupliers ;
L'herbe couvre les bords, et frais sont les sentiers ;
Le matin, sur les prés, lorsque le soleil brille,
En mille perles d'or la rosée y scintille.

Pierre a rejoint son régiment
Depuis déjà quatre semaines ;
Et pour adoucir son tourment
Les meilleures raisons sont vaines.

On lui parle de grands combats,
Et de vaillance, et de conquêtes,
De médailles pour les soldats,
De croix d'honneur et d'épaulettes.

Pierre demande gravement
Pour quelle cause on fait la guerre ?
Est-on bien dans son droit vraiment ?
Et gagnera-t-on à la faire ?

Ce pays que l'on veut avoir :
D'abord il est fort loin sans doute ;
Puis ensuite il faudrait savoir
S'il vaudra bien tout ce qu'il coûte.

Enfin, quand on l'aura conquis,
Comment se fera le partage ?
Chacun y sera-t-il admis ?
De nos jours, ce n'est pas l'usage.

A la croix d'honneur on prétend
Qu'une petite rente est jointe :
Mais l'avantage n'est pas grand ;
Cela vaut-il que l'on s'éreinte ?

Pas plus qu'un autre il n'est peureux ;
Il saura montrer du courage
Quand il faudra contre des gueux
Se battre pour son héritage.

Mais vraiment, s'en aller si loin
Pour on ne sait quelles affaires ;
Sans qu'au fond il en soit besoin
Laisser là son monde et ses terres,

Quitter son herbage et son clos
Dans l'arrondissement du Havre,
Au meilleur du pays de Caux,
En vérité cela le *nâvre* (1).

Le fleuve est calme et vert sous les grands peupliers ;
L'herbe couvre les bords, et frais sont les sentiers.
Le matin, sur les prés, lorsque le soleil brille,
En mille perles d'or la rosée y scintille.

---

(1) Le paysan normand, surtout celui des bords de la Seine, affectionne beaucoup ce mot.

VINGT ANS APRÈS.

Eheu.... Posthume.
HORACE.

Je les revis, ces bords, après plus de vingt ans.
Ils étaient peu changés. La profonde rivière,
Comme jadis, roulait ses flots tourbillonnants;
Du pêcheur j'aperçus la paisible chaumière,
La vieille barque attachée au poteau,
Et les saules penchés sur l'eau,
Et les arches du pont de pierre.

Mais hélas! depuis ces vingt ans,
Quelle métamorphose en mon âme accomplie!
Des désirs, des espoirs, de tous les sentiments,
Dont aux jours du passé se composait ma vie,
Que restait-il? Les uns n'existaient plus,
Ainsi que leurs objets, ils étaient disparus.

D'autres étaient transformés, et par l'âge
Mille fois plus flétris que mon propre visage.
Tout ce passé du cœur, tantôt je regrettais
Qu'il ne pût de nouveau pour moi se reproduire;
J'aurais voulu sentir comme alors je sentais;
Puis, parfois au contraire, il me faisait sourire,
Et me semblait le fruit d'un puéril délire.
Un sage aurait sans doute, en son austérité,
Condamné mes regrets, approuvé mon sourire,
Et pourtant, mon dédain n'était pas mérité.
Ces naïfs sentiments, qui donc oserait dire
Qu'ils n'eurent pas leur cause et leur utilité,
Aux jours où sur mon âme ils régnaient sans partage?
Et qui peut affirmer que dans ceux du vieil âge
Se trouvent moins d'erreurs et moins de vanité?

LA FENÊTRE.

De la chambre étroite et chétive
Où l'on m'a logé sous les toits
J'ai pour unique perspective
Quelques vieilles maisons en bois,
Et, quand la matinée est belle,
Un lambeau du céleste azur
Où la fugitive hirondelle
Trace son vol rapide et sûr.

Il est une pauvre fenêtre
Qu'entre ces maisons j'aperçois ;
Et, sans y voir rien apparaître,
Je la regarde bien des fois,
Bien des fois durant la journée,
Cherchant d'un regard curieux
Quelle existence est confinée
Dans ce réduit mystérieux.

Est-ce une modeste indigence,
Qui, travaillant soir et matin,
Ne porte pas sa prévoyance
Vers un futur trop incertain ?
Serait-ce une jeunesse active,
Studieuse, et dans l'avenir
Pleine d'une foi ferme et vive
Que rien ne saurait amoindrir ?

Ou, n'est-ce pas une vieillesse
Instruite par l'effet des ans
A se passer d'une richesse
Qu'elle poursuivit trop longtemps ;
Et, pour terminer sa carrière,
Ne demandant plus que la paix,
Avec un rayon de lumière
Quand vient le matin rose et frais ?

Cette fenêtre a pour parure,
Dans un vase, une simple fleur ;
Une guirlande de verdure
En décore l'extérieur.
Parfois, un papillon qui passe
Sur cette fleur plane un moment,
Et puis ensuite dans l'espace
Il va se perdre en voltigeant.

LA RETRAITE.

Est in secessu locus
VIRGILE.

Il ne faut pas toujours pour contenter notre âme
Les monts et l'Océan, les lacs et les grands bois.
Il est des jours discrets où le cœur ne réclame
Qu'un lambeau de verdure, un jardin sous les toits.
Je connais une allée où rarement s'engage
Le grand nombre, ennemi des lieux non fréquentés ;
Pour unique ornement, et pour unique ombrage,
Elle a quelques sapins par les ans respectés,
Un banc dont le lichen tache et ronge la pierre,
Des plantes au hasard croissant dans le chemin.
Eh bien ! quand prodiguant les flots de sa lumière
Le soleil dans le ciel régnait en souverain,
Bien souvent j'ai cherché cette retraite obscure,
Ne voulant que de l'ombre et de l'isolement.

Au milieu des sapins à la sombre verdure,
Un long rayon de feu glissé furtivement
Se jouait sur le sol en lueur fantastique.
Au loin, par le grand air et le jour attiré,
Un léger papillon, suivant un vol oblique,
Montait et descendait dans l'espace azuré.
Plus près de moi, l'active et vigilante abeille
Allait de fleur en fleur cherchant et butinant,
Et par son doux murmure amusait mon oreille.
Puis parfois, tout-à-coup, passait en m'effleurant,
Rapide comme un trait, la verte *demoiselle*,
Hôtesse des étangs, égarée en ces lieux
Qu'avec un fier dédain semblait raser son aile,
Pour un moment après disparaître à mes yeux.

LE PAPILLON.

O léger papillon à l'aile blanche et fine,
Quel vertige de toi s'était donc emparé ?
Tu t'en allais gaîment de colline en colline,
Te posant sur l'ajonc et le trèfle pourpré.

Soudain, abandonnant ta course voltigeante,
Abandonnant le trèfle et l'ajonc épineux,
Tu te lanças bien loin, sur ton aile imprudente,
Au-dessus de la mer, entre l'onde et les cieux.

Et maintenant, voici que le flot te rapporte
O pauvre ambitieux, trahi par ton essor !
Brisant sur le galet ton aile flasque et morte,
Ton corps qui se débat dans un dernier effort.

Le profond Océan, avec indifférence
Au milieu des varechs le traîne inaperçu ;
Hélas ! le monde ainsi, roule en son gouffre immense
Maint esprit imprudent dans son espoir déçu,
Et dont nul ne sait la souffrance.

LE SOUCI.

Fleur aux âcres parfums, à l'éclat rutilant,
Lorsque de nos jardins on te permet l'entrée,
C'est pour te reléguer sans gloire, au dernier rang,
Sur un sol, où tu vis, où tu meurs ignorée.

Jamais aucune main ne daigne te cueillir;
Jamais, afin d'orner la couronne éphémère
Qui doit, pour un moment, à nos yeux l'embellir,
La vierge ne te cherche, ô pauvre solitaire.

Le peintre, sur sa toile aux suaves couleurs,
N'ose pas transporter ton lugubre calice :
Le poëte te fuit, et parmi d'autres fleurs
Va loin de toi chercher sa muse inspiratrice.

Mais oubliée ainsi, sans crainte tu parcours
Chaque phase assignée à ton humble existence;
Et cependant tu vois moissonner tous les jours
Celles dont nous vantons l'odeur ou l'élégance.

Que la rose et le lis soient fiers de leurs attraits :
Si ta sombre couleur ne flatte pas la vue,
Si ton aspect est triste, au moins tu ne connais
Ni l'amour qui flétrit, ni la faveur qui tue.

LA CALENTURE (1).

.... That malady
Which calls up green and native fields to wiew
From the rough deep with such identity
To the poor exile's severed eye, that he
Can scarcely be restreined from treading them.
(BYRON, *the two Foscari.*)

Le ciel est d'un bleu sombre, et le soleil brûlant:
Les flots, plus bleus encore, se traînent lentement;
Car pour les soulever la brise est sans puissance,
Le navire pesant, avec effort s'avance;
Les matelots, muets et les yeux attristés,

(1) La *Calenture* (mot dérivé de l'Espagnol), est une fièvre qui atteint, dit-on, les navigateurs sous les tropiques, et pendant laquelle ils éprouvent d'étranges hallucinations. Généralement ils croient voir de frais paysages, les côtes de leur patrie, leur demeure, tous les objets enfin qui sont de nature à les arracher au sentiment de leur condition présente.

Mesurent tour-à-tour, dans un morne silence,
Du ciel et de la mer les deux immensités.

Mais ce groupe insensé dont un cruel délire
A perverti les sens et troublé la raison ;
S'écrie, en regardant les bords de l'horizon,
Et la bouche entr'ouverte en un vague sourire :

« Voici la terre enfin ; nous arrivons, amis
Amis, nous arrivons, tous nos maux sont finis. »
Et chacun croit revoir, en sa triste folie,
Des rivages aimés, ou ceux de la patrie :
Le Breton reconnaît ses rochers, où les flots
Découpent des milliers de golfes et d'îlots ;
Il revoit son village et l'église gothique,
La bruyère où se dresse un autel druidique.

Le Normand voit son fleuve au cours majestueux,
La falaise blanchâtre et la verte prairie ;
Il croit parfois saisir, dans la brise des cieux,
Les rumeurs d'une ville, et la vague harmonie
Des cloches annonçant aux paisibles hameaux
Le jour de la prière, et celui du repos.

Au Flamand, apparaît sa plage sablonneuse,
Puis des forêts de mâts, des cités, des canaux ;
Il entend retentir la *kermesse* joyeuse
Dans la plaine uniforme où paissent des troupeaux.

Le fils au teint bruni de la chaude Provence,
Avec un geste vif, la gaîté dans les yeux,
Salue, en répétant une chanson d'enfance,
Ses fertiles vallons, ses côteaux nus et bleus.

Mais le noir Africain, ravi par l'esclavage
Aux bords qui l'ont jadis connu libre et content,
Aperçoit, sous l'effet du funeste mirage,
La cabane témoin de ses ébats d'enfant,
Le large cocotier dont le sommet s'abaisse
Sous le riche fardeau de ses grappes de fruits,
Les épis ondoyant sur les champs de maïs,
Puis, dans les profondeurs de la forêt épaisse,
Le lac noir où l'on voit nager les éléphants,
Ce grand lac où jamais ne sont venus les *blancs*.

Et, tandis qu'autour d'eux s'étend la mer sans borne ;
Que l'équipage est là, silencieux et morne,
Chacun s'écrie : « Enfin tous nos maux sont finis
Voici, voici le port, nous arrivons, amis. »

APRÈS LA GUERRE CIVILE.

Nullum cum victis certamen et æthere cassis.
VIRGILE. *Æneide.*

. . . .

Laissez le cœur grossier, et le vulgaire esprit
S'enivrer du courroux qui frappe après la chute ;
Dans un corps vigoureux le sang se refroidit
Dès qu'il n'est plus forcé de soutenir la lutte ;
De même une âme forte, aux nobles sentiments,
Doit après l'action redevenir sereine ;
Avec les derniers coups des ennemis mourants
Doivent s'éteindre en elle et le trouble et la haine.
Considérez ces morts par le fer abattus :
A peine on les aura confiés à la terre,
Que le sol sous lequel ils seront étendus
Se couvrira de fleurs et de rouge bruyère,
Et rien ne dira plus qu'en ce lieu si riant
Se soient livrés jamais des combats implacables ;

Cela pour vous doit être un noble enseignement ;
Sur tous ces ennemis malheureux et coupables,
Répandez la clémence et la fleur du pardon ;
Parez-en leur mémoire, et que bientôt la trace
Des haines qui sur nous secouaient leur brandon
Dans l'âme et sur le sol en même temps s'efface.

L'ARMÉE DE SPARTACUS [1].

Rome fait avancer ses prêteurs contre nous ;
Elle consent à nous traiter en hommes :
A nos maîtres bientôt, amis, nous pourrons tous
Montrer enfin ce que nous sommes.

Ils verront, ces enfants de bandits fugitifs,
Ces descendants d'un chef nourri par une louve,
Ce que valent les fils de leurs anciens captifs,
Et que dans nos veines se trouve
Un sang fécond et généreux,
Digne encore de nos aïeux.

---

(1) Beaucoup d'esclaves romains avaient non-seulement la prétention très-fondée d'être originaires des contrées les plus vaillantes et les plus civilisées du monde, mais de plus celle d'appartenir à des familles illustres. Pallas se disait issu des anciens rois d'Arcadie ; et en plein Sénat on reconnaissait la justesse de cette prétention. Voir TACITE. Annales. L. XII, § 53.

Il n'est pas de peuplade antique
Qui parmi nous n'ait ses enfants,
Tout ce que, depuis deux mille ans,
La terre a produit d'héroïque,
Compte ici des représentants :
Grèce, Espagne, Gaule, Italie,
L'Europe, l'Afrique, et l'Asie,
Combattent toutes dans nos rangs.

O Rome, ne dis pas en ton mépris barbare :
« Ecrasons ce troupeau d'esclaves révoltés ; »
Car c'est le monde entier qui par nous se prépare
A punir ton orgueil et tes iniquités.

C'est Corinthe, et Carthage, et la fière Numance
Dont les remparts ruinés tressaillent, en voyant
Chacun de nous brandir, pour saper ta puissance,
Sa chaîne transformée en glaive menaçant.

Rome fait avancer ses prêteurs contre nous ;
Elle consent à nous traiter en hommes :
A nos maîtres bientôt, amis, nous pourrons tous
Montrer enfin ce que nous sommes.

LES SOLDATS DE CÉSAR (1).

Nec civis meus est in quem tua classica Cœsar
Audiero...

PHARSALE, chant I.

Nous ne sommes pas nous, des citoyens de Rome,
Tremblants devant des sénateurs,
Conduits par des consuls, ou bien par des prêteurs
Que, chaque année, un peuple aveugle nomme,
Auxquels la loi permet douze licteurs.

Nous sommes les soldats de César ; son armée
Est notre république ; et pour nous il vaut plus
Que tous les magistrats dans le forum élus ;
Il vaut, consuls, tribuns, et la plèbe affamée,
Et les fiers Scipions, et les grands Marcellus.

(1) L'armée avec laquelle César marcha contre Rome renfermait tant de barbares que le langage général s'en trouvait altéré. Les généraux de César s'en indignaient eux-mêmes.

Non ; nous ne sommes pas des citoyens de Rome.
Toi, n'es-tu pas Germain ? toi n'es-tu pas Gaulois ?
Moi, je suis né, dit-on, entre les murs étroits
De la vieille cité ; mais, dès que je fus homme
J'en sortis, et je la revois,
Après vingt ans, pour la première fois.

Quand nous aurons vaincu le vieux Pompée,
Nous nous partagerons la terre avec l'épée ;
Ou bien à notre tour nous serons sénateurs,
Ou bien consuls ; qui sait ? César est magnifique,
Et, pour récompenser ses vétérans vainqueurs,
Il pillera la république.

Et puis, quand il sera descendu chez les morts,
Quand il aura rejoint Anchise son grand-père,
Et son aïeul Enée, alors
Nous le nommerons Dieu, par décret militaire ;
Et sans retard,
Nous ferons un autre César.

Car nous ne sommes pas des citoyens de Rome,
Tremblant devant des sénateurs,
Conduits par des consuls, ou bien par des prêteurs,
Que chaque année, un peuple aveugle nomme,
Auxquels la loi permet douze licteurs.

CATON.

> Lorsque les factions partagent un empire
> Chacun suit au hasard la meilleure ou la pire.
>
> CORNEILLE.

« Le temps est roi du monde et de l'humanité.
Chaque chose ici-bas, avec docilité
Obéit à ses lois, à son cours s'abandonne :
L'homme seul, contre lui follement révolté,
Veut soustraire à ce Dieu qui n'épargne personne
Ses œuvres et lui-même. Oui, nous espérons tous,
Parmi tant de débris échapper à ses coups.
Tous s'en flattent, depuis la Romaine futile
Qui, pour ne point vieillir, prend un soin inutile,
Jusqu'au grand politique à l'âpre volonté
Qui pense éterniser au sein de sa patrie,
Le culte des vertus et de la liberté ;
Jusqu'au pontife épris de sa divinité,
Qui, devant son idole, imprudemment oublie
Le mouvement du monde et la marche du temps.

Aveugles tous les deux ! autant que cette femme
Dont la futilité croit triompher des ans !
Leurs desseins sont plus grands, et plus noble est leur âme,
Mais leur espoir, au fond, n'est pas moins insensé.
Pleins d'une illusion coupable ou généreuse,
Ils caressent toujours leur chimère trompeuse,
Bâtissent un futur analogue au passé,
Et rêvant gloire, honneur, lutte victorieuse,
Poursuivent un chemin aveuglément tracé :
Cependant cette foule inconstante et volage
Dont le plus haut esprit recherche le suffrage,
Abandonne leurs pas, et, désertant les dieux
Auxquels ils rendent seuls un impuissant hommage,
S'en va porter ailleurs son encens et ses vœux.
Mais pourquoi l'accuser, cette foule frivole ?
Elle est inconstante, oui ; mais, fragile est l'idole.
Et qui dira lequel a changé le premier,
A, le premier, subi la loi fatale et dure
Qui d'instant en instant transforme la nature,
Et ne laisse ici-bas rien de stable ou d'entier ?
Est-ce ce peuple vain, ou bien est-ce l'idole ?
Oiseuse question ! Quoi qu'il en soit, César
Est lui, l'homme du jour, l'homme dont la parole
Dompte, entraîne, séduit, non moins que le regard ;

Le héros que tout sert, haine, faveur, hasard,
Ses talents, ses vertus, ses vices plus encore,
Ses fautes même ; tout, à nos yeux, semble enfin,
Marquant son front d'un signe et fatal et divin,
Ratifier le choix du peuple qui l'adore.
J'ai combattu César, et tombe sous ses coups :
Ai-je été criminel en refusant ma tête
Au joug de l'esclavage ? Aujourd'hui, ma défaite
Est-elle donc l'effet du céleste courroux ?
Ai-je été sacrilége, en tournant mon épée
Contre l'ami du sort ? Ah ! s'il en est ainsi,
Si, contre mon espoir, mon âme s'est trompée,
Si j'offensai le ciel, le jour où j'ai choisi
Entre Rome et César, et soutenu Pompée ;
La faute en est aux Dieux, et mon crime est le leur (1).
Pour quel motif ces Dieux, si vraiment ils existent,
Ont-ils profondément gravé là, dans mon cœur,
Les nobles sentiments qui toujours y subsistent ?
Et maintenant voilà qu'ils protégent César !
Tout pour lui se prononce : Oracles, et prodiges
Sur sa tête et ses pas répandant leurs prestiges,

(1) Crimen erit Divis qui me fecere nocentem.
(LUCAIN.)

Proclament que le ciel bénit son étendard.
Eh bien soit ! J'y consens; la cause triomphante
Pour elle aura les Dieux ; le parti des vaincus
Aura pour lui Caton (1). Puis, la voix imposante
Des peuples à venir, et de nous inconnus,
Entre les Dieux et moi prononcera, j'espère.

Hélas ! pour les mortels, est-il sur cette terre
Quelque chose de fixe et de certain, sur quoi
Ils puissent établir leur amour et leur foi ?
Quelque chose qui reste au milieu du naufrage,
Et du temps destructeur n'éprouve pas la loi ?
Le devoir, la vertu, répétera le sage :
La vertu, le devoir ! ah, parmi ce chaos
De droits, de passions, et d'intérêts rivaux,
Qui pourrait indiquer la route véritable ?
Comment ne pas se dire avec anxiété :
Qu'est-ce que la justice ou que la vérité ?
Quand viendra-t-il un Dieu puissant et secourable
Qui nous révèle enfin ce que l'on doit savoir,
Et nous dise : voici la règle et le devoir ?

---

(1) Victrix causa diis placuit sed victa Catoni.
(Lucain.)

Mais pour l'heure, partout des routes ténébreuses,
Où rien ne vient guider nos âmes malheureuses;
Quelquefois seulement, des probabilités,
Une vaine apparence, et de vagues clartés,
Semblables aux lueurs mobiles et douteuses
Qui, se montrant à nous dans un brouillard épais,
Nous laissent incertains. Et la mort, pourra-t-elle,
A cette incertitude énervante et cruelle
Arracher notre esprit et lui rendre la paix?
Le trépas viendra-t-il nous plonger à jamais
Dans l'horreur d'une nuit insensible, éternelle,
Et détruire notre être et notre volonté?
Ou par lui serons-nous introduits, au contraire,
Dans un monde nouveau de vie et de lumière?
Je ne sais quelle voix pleine d'autorité
Me crie au fond du cœur : « Homme immortel, espère;
Ton âme, dans la tombe, en laissant cette terre,
Retrouvera la vie avec la vérité. »
Mourons donc; le trépas est chose légitime
A qui cherchant en vain la céleste clarté,
Ne peut, dans le chaos où les Dieux l'ont jeté,
Distinguer la vertu, reconnaître le crime (1).

(1) Le stoïcisme paraît ne pas avoir défendu le suicide d'une manière

Mais l'aube de la nuit dissipe l'épaisseur,
Et verse sur les monts une teinte vermeille :
Pour reprendre à la fois la vie et le labeur,
Dans l'univers, chacun maintenant se réveille ;
Le grand, pour commander, le petit pour servir,
Le fort, pour opprimer, le faible, pour souffrir,
César, pour achever sa coupable entreprise
Que permettent les Dieux, que le sort favorise,
Rome pour succomber, et Caton pour mourir,
Pour échanger ce globe, et sa vie éphémère,
Contre un jour que jamais rien ne trouble et n'altère.
Jupiter, de ce monde et l'âme et le moteur,
Reçois, reçois mon sang, *ô Dieu libérateur !*

---

absolue ; les écrits de Sénèque qui sont le manuel le plus explicite de cette doctrine, attestent qu'en certaines circonstances *le sage*, suivant les idées de cette philosophie, pouvait se considérer comme ayant le droit de disposer de sa vie.

LE VÉTÉRAN D'ANTOINE (1).

« Mon général, il faut sur terre
Livrer bataille en vrai romain,
Qui, pour vaincre son adversaire,
Marche sur lui l'épée en main.
Ne va pas confier ta vie,
Tes espérances, ta valeur,
A la trompeuse perfidie
D'une galère et d'un rameur.

Laisse l'armée égyptienne
Monter sur ses vaisseaux dorés;

(1) Un peu avant la bataille d'Actium, un soldat donna à Marc Antoine le conseil de se battre sur terre, de ne pas imiter les Egyptiens (Plutarque).

Dans sa pièce d'Antoine et Cléopâtre, Shakespeare a mis en scène cet épisode.

Laisse-s-y s'installer la reine
Avec ses eunuques mitrés,
Avec ses femmes, et sa suite
De baladins et de bouffons,
Disposés à prendre la fuite
Au premier choc des avirons:

Mais ne permettons pas qu'Octave
Puisse se dire en souriant :
— Antoine n'est plus aussi brave;
L'âge l'a rendu défiant;
Il s'aventure avec prudence,
Et songe, au moment du danger,
A se ménager l'assistance
D'un navire agile et léger.—

Ah ! nous sommes vieillis sans doute :
Chez nous généraux et soldats,
Touchent au terme de la route
Par les dieux tracée à leurs pas;
Mais nous pouvons bien tenir tête
Aux tuteurs du petit César,
Aux lieutenants dont il s'apprête
A suivre humblement l'étendard.

Nous mourrons en gens magnanimes,
S'il nous faut avec toi tomber;
Tant de héros que nous vainquîmes
Nous ont appris à succomber ;
Nous mourrons, comme en Macédoine,
Sont morts Brutus et Cassius,
Et bien d'autres que, sans Antoine,
Octave n'eût jamais vaincus. »

Marc-Antoine, avec un sourire,
Écouta ces rudes avis ;
Même son regard sembla dire
Qu'il les eût volontiers suivis.
Mais, après un conseil de guerre
Où Cléopâtre présidait,
Il avait promis, pour lui plaire,
Que sur les flots on combattrait.

LE VIEUX LANCASTRIEN.

Mon père est mort pour ta maison;
Il repose sous la bruyère,
Auprès des murs de Northampton (1);
A Barnet succomba mon frère;
Et moi j'ai versé tout mon sang
Pour ta cause sainte et chérie;
Et mon âme, au dernier moment,
Pour toi seul s'inquiète et prie.

Pourtant, à cette heure, mes vœux
Ne sont pas pour que tu reprennes
La couronne de tes aïeux,
Ne sont pas pour que tu reviennes

(1) La bataille de Northampton fut perdue par Marguerite d'Anjou contre Richard d'York.

Celle de Barnet fut perdue contre Edouard IV par les Lancastriens, que commandait alors le comte Warwick *le faiseur de rois.*

Jamais dans ce fatal pays,
Dans cette farouche Angleterre
Loin de laquelle tu languis,
Errant sur la terre étrangère.

Cette couronne, sous son poids
Accable celui qui la porte;
Quiconque la touche une fois,
Du sépulcre doit voir la porte
S'ouvrir bientôt devant ses pas.
Aux *deux roses* elle est mortelle.
York, Lancastre, n'ont-ils pas
Tour-à-tour succombé sous elle !

L'Angleterre n'est plus, hélas !
La terre libre et glorieuse,
Invincible dans les combats,
Dans ses foyers, unie, heureuse.
Elle dévore ses enfants,
Elle tue et trahit ses princes,
A ses ennemis triomphants
Elle abandonne ses provinces.

Ce que je souhaite pour toi,
C'est une âme fière et loyale,

Digne toujours du fils d'un roi :
Puis, loin de la terre natale,
Loin de ce sol meurtrier
Que tant de sang anglais arrose,
C'est de mourir en chevalier,
En servant une noble cause.

GUATIMOZIN.

Quand l'Indien torturé par l'Espagnol farouche
Cédait à la fatigue au milieu des tourments,
En face des bourreaux, sur sa brûlante couche,
Un sommeil passager s'emparait de ses sens.

Son âme alors, fuyant loin de l'heure présente,
Goûtait un court moment de calme et de repos;
Et puis de songe en songe, incertaine, flottante,
Elle errait, à travers mille riants tableaux.

Souvenirs du pays, et souvenirs d'enfance,
Venaient verser leur baume et charmer son sommeil,
Se jouant dans ce cœur broyé par la souffrance
Comme, sur des débris, se joue un doux soleil.

Il rêvait de ces jours, où la race étrangère
N'avait pas mis le pied sur le sol mexicain,
Ne régnait pas encor sur cette heureuse terre,
L'Evangile à la bouche, et la flamme à la main.

Mais soudain le bourreau ranimait les tortures,
Les flammes reprenaient leur proie; et la douleur,
Sur elle redoublant ses cruelles morsures,
Chassait le doux sommeil et le songe trompeur :

De même aussi parfois, au sein de nos misères,
Paraît s'éteindre en nous le pouvoir de souffrir;
Une douceur se mêle à nos larmes amères,
Et d'un éclat serein tout semble resplendir ;

Et nous nous reprenons à chérir l'existence
Qui revêt un moment ses attraits d'autrefois;
Puis le charme se rompt ; avec plus de puissance
La douleur sûr notre âme exerce alors ses droits.

TACITE.

S'élançant large et profond,
Le noble Rhin, d'un seul bond
Précipitait dans l'abime
Les trésors de ses eaux en cascade sublime,
Et, de sa mugissante voix,
Ébranlait les rochers, les coteaux, et les bois.

Essayant de pousser des clameurs triomphantes,
Une troupe d'enfants lançaient de lourds cailloux
Contre le *fleuve-roi* bondissant près de nous;
Mais, avant de toucher les eaux tourbillonnantes,
Ces fragments de rocher déjà disparaissaient
Sous les flocons d'écume; et les clameurs jetées
Par les jeunes enfants, dans les airs se perdaient,
Même avant que l'écho nous les eût apportées.

Pareil destin attend tous ceux
Qui voudront t'insulter, ô sublime génie !

Ils verront leurs efforts mourir infructueux,
Sans que ta gloire en soit ternie,
Sans trouver un écho qui répète après eux
Leurs clameurs qu'inspira l'ignorance ou l'envie,
Ou peut-être l'effroi de ce mâle pinceau
Qui sut, en traçant le tableau
D'une époque avilie,
Frapper du même coup, et pour jamais flétrir
Les hontes de son âge, et des temps à venir.

L'ÉPÉE DE VERCINGETORIX (1).

« Oui toujours Teutatès est l'ami des Gaulois,
Aujourd'hui comme hier, hier comme autrefois.

Quand Vercingétorix, ne pouvant plus défendre
Le rempart expirant de notre liberté,
Au général romain dut songer à se rendre,
Il sortit seul de la cité,
Poussa vers l'ennemi son cheval indompté;
Puis aux pieds de César qui frémit de surprise,
Il jeta son épée et son bouclier d'or;
Car au milieu de la Gaule conquise,
Qu'importait au héros l'esclavage ou la mort ?

(1) Sur la révolte de Sacrovir, véritable sujet de ce petit poëme, voir Tacite. Annales liv. III, chap. XL, XLI, XLII, XLIII, XLIV, XLV, XLVI.

On a publié en 1803 un poëme en prose intitulé *Julius Sacrovir* ou *le dernier des Eduens*; nous n'en connaissons que le titre.

Mais le fer glorieux du guerrier magnanime
N'orna point des vainqueurs le triomphe inhumain;
Avant que le licteur du proconsul romain
N'eût touché ce glaive sublime,
Teutatès le saisit, et loin de tous les yeux,
Alla le déposer au sein même des Dieux.

Dans l'arsenal divin, il lui marqua sa place
Parmi ceux qu'ont portés les chefs de notre race,
Au temps où le gaulois était vaillant et fort;
Il le suspendit là, près de l'antique épée
Que dans le sang latin Bellovèse a trempée,
Près de celle plus noble encor
Que Brennus autrefois jeta dans la balance,
Alors que Rome épuisa son trésor
Pour payer son indépendance.

Plus tard le Dieu de la guerre et des arts
Le brisa de sa main puissante;
Et de sa lame il forma deux poignards,
Dont il arma la haine imprévoyante
De Brutus et de Cassius,
Le jour où de César ils ont tranché la vie,
Vengeant du même coup tant de peuples vaincus;
Puis à la garde d'or par le repos ternie,

Il adapta le fer resplendissant
Que Sacrovir devait ceindre, au moment
Marqué pour affranchir notre antique patrie,
Sous un joug odieux trop longtemps asservie.

Car toujours Teutatès est l'ami des Gaulois,
Aujourd'hui comme hier, hier comme autrefois. »

Ainsi chantaient, remplis d'une fureur guerrière,
Les peuples soulevés, qui du chef Eduen
En tumulte suivant l'épée et la bannière,
Allaient braver le choc de l'empire romain.
Sous leurs pas sourds, pressés, tremblait le sol humide,
Et leurs voix s'élevaient sauvages vers les cieux
Où le soleil noyé dans un air nébuleux
Se montrait sans rayons, défaillant, et livide.

Les arbres des forêts, à travers le brouillard,
Apparaissaient confus, incertains au regard,
Pareils à des milliers de bizarres fantômes,
Comme si les esprits des vieux héros Gaulois,
Abandonnant la tombe, et les sombres royaumes,
Et Dis, père des nuits, venaient tous à la fois
Contempler le réveil de leur race opprimée,
Saluer Sacrovir et grossir son armée.

Celle-ci présentait les éléments divers
Qu'ont renfermés toujours les bandes insurgées
Pour délivrer un peuple et pour briser ses fers.
Si par le ciel, l'enfer, ou le sort protégées
Elles peuvent fonder enfin sa liberté,
La partiale histoire et la postérité
En elles ne voient plus que héros magnanimes.
Mais si, pour l'affranchir leur effort reste vain,
L'histoire compte alors leurs vices et leurs crimes;
On leur accorde à peine un regard de dédain:
Enthousiasme aveugle, et mépris trop sévère,
Deux écueils, auxquels l'homme, hélas, n'échappe guère !
— Autour de Sacrovir on voyait réunis
Le patriote au cœur généreux et sincère,
Inébranlable aux coups du sort le plus contraire,
Eternel champion des droits de son pays;
Le jeune ambitieux qui rêve au rang suprême
Tout en croyant aimer encor l'égalité,
Et trompe innocemment les autres et lui-même ;
L'indigent sans ressource, et le riche endetté,
Le criminel errant, qui tâche au sein des armes
D'oublier la justice et ses propres alarmes ;
Le brigand endurci qui consent à servir
La cause du bon droit, s'il espère assouvir

Au milieu du désordre, au milieu du carnage,
Sa passion de l'or et sa soif du pillage;
Puis, ces hommes au cœur incertain et flottant
Que la victoire exalte et l'échec décourage,
Braves pour soutenir un drapeau triomphant,
Et servir de cortége au vainqueur du moment.

L'aspect de cette foule ondoyant dans la plaine
N'offrait pas au regard des traits moins différents.
On voyait des soldats armés à la romaine,
Réguliers et hardis comme des vétérans;
Ensuite s'avançaient les bataillons pesants
De ces gladiateurs dont les fortes armures
Paraissaient défier la mort et les blessures,
Et qu'alors les Gaulois, singes de leurs tyrans,
Aimaient à voir combattre au milieu de leurs fêtes;
Puis, ces bandes sans fin de sombres révoltés,
Accourus des hameaux, ou même des cités
Que l'Eduen avait pour complices secrètes;
Pour armes, ils portaient les armes du chasseur,
Des couteaux, des épieux; aucun fer protecteur
Ne défendait leurs corps, ou ne couvrait leurs têtes.
Chez ces hommes les mœurs de l'étranger vainqueur
N'avaient pas pénétré: les croyances sauvages

Des Gaulois primitifs, leur culte et leurs usages
Vivaient encor. Aussi, parmi ces combattants,
Le barde et le druide étaient-ils plus puissants,
Plus respectés qu'ailleurs; et ces dépositaires
De la religion et des lois de leurs pères,
Aimaient de préférence à marcher parmi ceux,
Qui pensaient, et croyaient, et regrettaient comme eux;
Les bardes célébraient en leurs vers héroïques
Les exploits des aïeux, et les vertus antiques;
Le front haut, l'œil ardent, le regard inspiré,
Ils faisaient retentir le bardit vénéré.
Les Druides, portant des couronnes de chêne
Et des robes de lin, tenaient le gui sacré;
Leurs fronts ne montraient plus la majesté sereine,
Ou l'orgueil imposant dont ils frappaient les yeux,
Quand ils interprétaient les volontés des Dieux,
Qu'embrassant les secrets du ciel et de la terre,
Arbitres de la paix, ainsi que de la guerre,
Ils déterminaient tout, jugeaient les différends
Soit des princes entre eux, soit du peuple et des grands,
Que leur sentence était sans appel, souveraine,
Et vouait à l'exil, au mépris, à la haine,
Celui qu'elle frappait. Leur culte maintenant
S'exerçait sans éclat dans un honteux mystère,

A peine toléré par le fier conquérant.
Ils maudissaient surtout comme impie, outrageant
Pour la gloire des Dieux, cet édit de Tibère
Qui leur interdisait d'arroser leurs autels
Avec du sang humain. Pour ces prêtres cruels,
Et pour les sectateurs de leur sombre croyance,
Interrompre une vie, immoler leur pareil,
C'était comme un signal annonçant le réveil
De la religion et de l'indépendance.

Aussi leurs bras encore étaient ensanglantés,
Et sur leurs manteaux blancs on découvrait l'indice,
Les traces d'un horrible et récent sacrifice :
Cette nuit, en effet, en des lieux écartés,
Sous des arbres, au loin et par tous redoutés,
Dont les oiseaux du ciel et l'animal sauvage
Même au milieu du jour fuyaient le voisinage,
Et théâtre fréquent de faits prodigieux
Que n'osait pénétrer l'œil le plus curieux,
Ils avaient accompli d'exécrables mystères.
Là, sur un rude autel, formé d'énormes pierres
Et dressé, disait-on, par un bras surhumain,
Tandis que les flambeaux à l'éclat incertain
Sous la sombre forêt promenant leur lumière,

Éclairaient par moment la livide pâleur
Des témoins sans pitié, mais glacés de terreur,
Ils avaient immolé deux prisonniers de guerre,
Et de plus un vieillard, victime volontaire ;
Puis mêlant l'anathème à l'imprécation,
Appelé la vengeance et l'exécration
Des hommes et des Dieux sur Rome, et sur le traître
Qui soutiendrait sa cause, ou laisserait paraître
Le coupable désir de rentrer sous ses lois,
D'abandonner un jour le parti des Gaulois.
Même à cette heure encor, le souvenir terrible
De leur sanglant forfait, entretenait en eux
Un étrange délire, un mélange indicible,
D'allégresse, d'espoir, d'orgueil religieux ;
Ils croyaient être saints, et remplis de leurs Dieux,
Pénétrer l'avenir, et le monde invisible,
Parce que sans remords ils avaient attenté
Aux lois de la nature et de l'humanité.

II.

Entraînant sur ses pas ces hordes frémissantes,
S'avançait, revêtu d'armes étincelantes,
Le noble Sacrovir, tout Gaulois par le cœur,

Mais romain par les mœurs et par l'intelligence,
Possédant le savoir, les arts et l'élégance
De la belle Italie, et du peuple vainqueur,
Égalant par son luxe et par son opulence
Les plus fiers citoyens de la grande cité :
C'était lui cependant, dont le mâle génie
Dédaignant tout cela, n'avait pas hésité
A réveiller partout l'antique barbarie,
A déchaîner enfin la guerre et sa furie,
Tant l'amour du pays et de la liberté,
(Qui sait, pour être exact, s'il ne faudrait pas dire,
Tant l'amour du pouvoir,) sur un cœur ont d'empire !
Dans son âme régnait un courage indompté,
Et dans ses yeux brillait une noble espérance ;
Héroïque imposture, et menteuse apparence,
Dont tout homme, sachant le grand art des combats,
Se revêt pour donner une foi qu'il n'a pas,
Lorsque toute sa force est dans la confiance
Qu'inspire à ses guerriers sa propre contenance.
Car il savait trop bien, ce Gaulois consommé
Dans les armes, non moins que dans la politique,
De quel secours douteux est l'élan frénétique
D'un peuple qui s'en va, par la haine enflammé,
Se ruer à la lutte, aveugle et désarmé.

Il savait à quel point le feu de la jeunesse,
L'amour de la patrie, ou bien l'espoir naïf
Du pauvre laboureur qu'exalte la détresse,
Sont lassés promptement, ou domptés par l'adresse,
De l'habile oppresseur, et le sang-froid actif
D'une armée et d'un chef exercés dans la guerre.
Il savait qu'un échec a pour auxiliaire
La trahison perfide ou la désertion,
Que même du succès naît la division ;
Il était informé, nouvelle encor secrète,
Que vers Trèves, Florus, après de vains efforts,
Était avec les siens tombé parmi les morts;
Que de plus, un Gaulois avait à sa défaite
Travaillé librement, sans honte, et sans remords.

Car les Romains restés longtemps dans l'inertie
Par l'ordre de Tibère ou par son incurie,
Venaient de secouer leur trop longue torpeur.
Ils arrivaient, remplis de colère et d'ardeur,
Indignés qu'un Gaulois, un allié rebelle,
Soulevant un ramas au hasard recruté,
Eût de Rome bravé la puissance éternelle,
Et pour son peuple et lui rêvé la liberté.
Si longtemps retardé, leur choc toujours terrible

Devait être en ce jour, sans doute, irrésistible.
Ces temps d'expiation n'étaient pas arrivés
Où Rome aurait besoin de toute sa puissance
Pour ramener au joug ses sujets soulevés,
Recevrait dans ses murs, avec reconnaissance,
Ses Césars triomphant d'un peuple révolté,
Et s'énorgueillirait d'un succès remporté
Sur ceux, dont si longtemps, avec indifférence,
Elle avait regardé la calme obéissance.

Le soleil que la brume enveloppait encor
Dans la voûte céleste avait pris son essor,
Quand, à travers la nue, une faible lumière
Sur les casques romains répandant ses rayons
Révéla l'ennemi. Bientôt, sur la bruyère
Retentirent les pas des pesants bataillons :
Au loin, de toute part, sonnèrent les clairons.
A l'instant, Sacrovir s'élance dans l'espace,
Mesure le danger, et regagne les rangs
Des Eduens surpris et qu'il voit hésitants.
Sur le front de l'armée, en galopant, il passe
Ainsi qu'un météore oblique et lumineux
Qui glisse à l'horizon en éclairant les cieux ;
Puis, ses soldats partout mis en ordre, il s'arrête,

Et tourné vers la foule attentive et muette :
« O compagnons, dit-il, si je ne craignais pas
Que le poids odieux d'un trop long esclavage,
En énervant vos cœurs n'eût amolli vos bras,
J'abandonnerais tout à votre seul courage.
Jadis lorsque nos chefs conduisaient aux combats
Leurs soldats glorieux, sans phrases oratoires
Ils leur montraient le but, et c'en était assez;
Vos ennemis tombaient aussitôt, terrassés,
Chaque guerre, en ces jours, enfantait des victoires.
Pour vous toucher faut-il plus à présent? alors
Comptez tous vos affronts, voyez l'ignominie
Que fait sur vous, Gaulois, peser la tyrannie;
Vos guérêts épuisés pour grossir ses trésors
Ou nourrir le repos d'une plèbe affamée ;
Voyez vos fils ravis pour grossir son armée,
Pour aller soutenir aux bouts de l'univers
Son empire exécrable, ou pour donner des fers
Aux peuples inconnus qui se flattent encore
D'échapper à ce joug que l'univers abhorre.
A ces hontes sans nom, opposez les exploits
Dont vos pères ont su s'illustrer autrefois;
Voyez-les occupant l'orgueilleuse Italie,
Et, pour faire aux Romains payer leur perfidie,

Allant chercher au sein de sa fière cité
Ce peuple qui se dit invincible, indompté ;
Puis, du Grand Annibal secondant le courage,
Voyez-les enchaîner aux destins de Carthage
La victoire et les Dieux, puis un siècle plus tard
Lutter dix ans entiers contre le grand César,
Le seul qui des Gaulois pût mériter l'hommage,
Si les Gaulois devaient connaître l'esclavage.
Alors, plein de l'esprit de vos nobles aïeux,
Et portant dans vos cœurs fortement retracées
Vos hontes d'à présent, et vos gloires passées,
Marchez tous au combat en invoquant nos Dieux. »

Il parlait, quand soudain, ou hasard ou présage,
Le soleil hardiment tout entier se dégage
Du voile qui naguère enveloppait ses feux.
De l'astre triomphant l'éclat pur, radieux,
Descend sur le héros dont le front s'illumine
D'une lueur étrange et qui semble divine ;
Et cette garde d'or, qui décorait jadis
Le glaive manié par Vercingétorix,
Aux mains de Sacrovir brilla resplendissante.
Une sourde rumeur dans les rangs des Gaulois
Se répand : tous alors, d'une voix éclatante,
Entonnant le bardit, s'élancent à la fois.

III.

Le combat a cessé, Rome est victorieuse;
Par la voix des clairons ses soldats rappelés
Et sous leurs étendards de nouveaux rassemblés,
Savourent du succès l'ivresse belliqueuse.
De l'ardeur de la lutte encore tout emflammés,
Ils contemplent ces champs de cadavres semés;
Avec un dur orgueil, ils comptent leurs victimes.
A leurs pieds étendus, la face vers les cieux,
Gisent, le patriote aux rêves magnanimes,
Mort à temps, car il put expirer avec eux,
Le despote futur, dont la folle espérance
S'éteignit étouffée aussitôt sa naissance;
L'audacieux bandit, qui devenu soldat,
Par ses derniers moments lava son infamie;
Le pauvre que la faim conduisit au combat,
Mais n'a pas empêché de regretter la vie;
Puis le druide enfin, héroïque insensé,
Dont la bouche expirante annonçait la victoire:
Renversé sur le sol, par le trépas glacé,
Il porte encor l'espoir sur ses lèvres tracé.
Quand on meurt en croyant ce qu'on enseigne à croire,

Abandonner la vie est facile ; on s'endort,
Vivant dans l'avenir, et bercé par la mort.

Mais il est un guerrier qu'on cherche dans la plaine,
Et pour le découvrir la tentative est vaine.
Pourtant, il aurait dû tomber au premier rang ;
Seul moyen d'expier le tort d'une défaite,
Quand pour réaliser un dessein imprudent
On mène à la révolte, ou bien à la conquête,
Un peuple qui vous suit, aveugle et confiant.
Quel motif inconnu, quelle raison puissante
A pu déterminer le chef des Eduens
A ménager ses jours, quand la plaine sanglante
Étalait à ses yeux les cadavres des siens ?
Était-ce, par hasard, cet amour de la vie
Qui dans les plus grands cœurs se réveille souvent
Et trop impérieux, à leur dernier moment ?
Ou bien n'était-ce pas l'amour de la patrie
Qui lui disait de vivre, et d'essayer encor
Le hasard de la lutte, et d'un dernier effort.

Près des lieux où naguère avait été livrée
La bataille funeste aux derniers des Gaulois,
Etait une *villa ;* vaste mais retirée,
Elle semblait perdue au milieu des grands bois,

Et cachée à dessein dans l'ombre et le silence;
Mais tout y révélait une agreste opulence.
Elle étalait partout aux regards étonnés
Un mélange à la fois magnifique et bizarre
D'élégance romaine et de luxe barbare;
Des riches vases d'or aux banquets destinés,
Des marbres précieux, des bronzes, des statues,
Des armes de combat aux parois suspendues,
Des haches, des épieux, l'arsenal tout entier
Du chasseur intrépide et du vaillant guerrier.
En dehors, sur la porte, antique et vieil usage,
On avait exposé la dépouille sauvage
Des animaux des bois, les dents du sanglier,
Le crâne blanc du loup, et le sombre plumage
Du hibou solitaire ou du fauve épervier.
Les salles et les cours larges et spacieuses
Pouvaient donner asile à des troupes nombreuses
De zélés serviteurs, de fidèles clients.
Souvent, sans doute, autour de ces tables massives,
Avaient dû s'assembler de turbulents convives.
Ces voûtes avaient dû résonner sous les chants
Des bardes, toujours prêts à vendre leur louange
Aux riches, aux puissants, à l'hospitalité.
Mais dans cette demeure, à présent, chose étrange,

Tout paraissait désert, muet, inhabité.
L'écurie était vide, et les herbes grimpantes
Envahissaient les cours, et croissaient sur les murs.
Aux voûtes s'attachaient les insectes impurs;
Les marbres précieux, les urnes élégantes,
Par la poussière étaient souillés depuis longtemps;
La rouille ternissait les fers étincelants
Des armes en faisceaux, des cuirasses brillantes;
Et l'aspect du foyer indiquait encor mieux
Que depuis bien des mois, aucun banquet joyeux,
Aucun hôte n'avait, par sa vive allégresse,
De ce morne séjour dissipé la tristesse.

Cependant à l'entour on voyait des coursiers
Attachés à la hâte, et seuls, sans cavaliers,
Les nasaux palpitants, la bouche ensanglantée.
C'étaient ceux qui venaient d'amener en ces lieux
Sacrovir, et les chefs qu'un hasard malheureux
Avait soustraits aux coups d'une mort souhaitée.
Les guerriers fugitifs étaient en ce moment
Dans une chambre haute, assemblés en silence,
Calmes, mais rien en eux n'annonçait l'espérance,
Debout, tenant en main leur glaive menaçant.
Dans l'ombre réunis le soir de la défaite

Ils avaient cru d'abord trouver une retraite
En ce vaste palais, de tous abandonné
Depuis que Sacrovir s'était mis à la tête
D'un complot téméraire et du ciel condamné.
Là, sans vaine parole, et d'un regard tranquille,
Ils avaient mûrement envisagé leur sort.
Devaient-ils s'en aller demander un asile
A des peuples lointains, ou tenter un effort
Pour rallumer encor et la haine et la guerre,
Et vaincre ou rencontrer ce trépas qui naguère
Les avait épargnés? Parfois, un vain espoir
S'éveillant dans leur âme, ils avaient cru pouvoir,
Avec quelque succès tenter la résistance,
Ou par la fuite au moins éviter la vengeance.
Des Romains triomphants : plus d'un hardi dessein
Avait été conçu; mais, comprenant enfin
Que tous ces plans étaient trompeurs et chimériques;
Car déjà des bruits sourds, de lointaines clameurs
Annonçaient aux proscrits l'approche des vainqueurs;
Ils avaient résolu, barbares héroïques,
D'échapper à tout prix aux indignes rigueurs
Qu'infligeait aux vaincus la cruauté romaine.
Pouvaient-ils oublier que le héros Gaulois,
Que Vercingétorix avait traîné sa chaîne,
Langui pendant six ans entre des murs étroits,

Pour ensuite servir à rehausser la gloire
De César triomphant sur son char de victoire,
Et puis se voir enfin donner le coup mortel
Par la main du bourreau comme un vil criminel.

Leur résolution maintenant est fixée,
Et chacun d'eux a dit sa dernière pensée;
Chacun a salué du geste ou du regard
Ses compagnons de mort : tout est prêt; sans retard
Une torche brûlante est saisie et lancée
Dans un amas de chaume, et de bois résineux,
Sous la salle où les chefs, toujours silencieux,
Attendent leur destin : une vapeur épaisse
Se déroula bientôt. Sacrovir, le premier,
Se perce de son fer; lentement il s'affaisse
En invoquant ses dieux; alors chaque guerrier
L'imite, et dans son cœur enfonce son épée.
La flamme cependant grandit, s'étend toujours,
Circule, court, revient, décrit mille détours,
Triomphe enfin partout. De feux enveloppée,
La villa n'offre plus qu'un immense bûcher
Dévorant les héros qui vinrent y chercher
Un refuge et la mort. Horrible sacrifice!
Que Teutatès approuve et qui le rend propice.

En souriant, le dieu, dans les palais divins,
Accueille Sacrovir et les chefs Éduens.

Ainsi, des oppresseurs la haine fut trompée,
Et les héros Gaulois n'allèrent pas grossir
La suite des vainqueurs. Ainsi la noble épée
Dont Vercingétorix et le fier Sacrovir
Ont successivement armé leurs mains vaillantes,
Disparut pour toujours dans un gouffre de feux,
Et n'alla pas se joindre aux dépouilles sanglantes
Que Rome suspendait aux temples de ses dieux.

LA PAUVRE SUSANNAH.

(TRADUIT DE WORDSWORTH.) (1).

A l'angle de Wood-Street, dès que brille l'aurore,
Depuis trois ans se pose un merle au chant sonore;
La pauvre Susannah l'entendit en passant,
Alors que tout dormait, chanter joyeusement.

Par cette voix charmée, elle s'arrête et rêve,
Car elle pense voir un coteau qui s'élève,
Des bois, des vapeurs d'or flottant sur Lothbury,
Et, dans Cheapside, un lac au rivage fleuri.

Elle voit la campagne à l'herbe épaisse et verte
Que si souvent jadis foula son pied alerte;

(1) Wordsworth est le chef de l'école *lakiste*. Les poëtes de cette école visaient avant tout au naturel et à la simplicité, et dédaignaient l'art et les traditions classiques et littéraires.

Et puis un humble toit, nid d'oiseau, seul séjour,
Vers lequel ici-bas se porte son amour.

Elle contemple, et pense être au ciel, puis tout passe ;
Collines, lac, vapeurs, sans laisser nulle trace.
Adieu l'onde mobile, et le riant coteau,
A ses yeux disparaît le magique tableau.

LE COUCOU.

(TRADUIT DE WORDSWORTH.)

Salut, Coucou, salut messager du printemps !
Mon âme, si souvent morose, indifférente
Tressaille de bonheur aussitôt que j'entends
Vibrer ta voix qui semble une harmonie errante.

Tandis que je suis là, sous les bois frais et verts,
Elle frappe soudain mon oreille incertaine,
Et semble parcourir l'immensité des airs,
Par instant rapprochée, et par instant lointaine.

A ce vallon tu viens joyeusement parler
De soleil et de fleurs, et de naissants feuillages;
A mon âme tu viens doucement rappeler
Les jours qui ne sont plus que de vaines images.

Favori du printemps, oh ! sois le bien-venu.
Pour moi qu'amuse encore une douce chimère,
Tu n'es pas un oiseau, mais un être inconnu,
Un son aérien, une énigme, un mystère ;

La même voix enfin que jadis bien des fois
J'écoutai tout pensif aux jours de mon enfance,
Qui me fit si souvent regarder dans les bois,
Les buissons, et le ciel, avec persévérance.

Que de fois, à tout prix voulant t'apercevoir,
Je courus à travers la forêt et la plaine !
C'était comme un fantôme, un amour, un espoir,
Objet d'une poursuite ardente et toujours vaine.

Et j'aime maintenant à t'écouter encor :
Couché sur le gazon, oui, j'écoute en silence,
Jusqu'à ce que les jours de mon bel âge d'or
Doucement évoqués reprennent l'existence.

Oiseau chéri ! les lieux où mes pas m'ont porté,
Redeviennent, pendant ma douce rêverie,
Un magique séjour, un domaine enchanté
Dont tu sembles pour moi le bienveillant génie.

LE CIMETIÈRE DE CAMPAGNE.

(TRADUIT DE GRAY.)

Déjà le couvre-feu nous dit la fin du jour ;
Le troupeau mugissant dans le vallon serpente,
Le laboureur lassé regagne son séjour,
Me laissant seul avec l'obscurité naissante.

Le paysage au loin s'efface lentement :
Un calme solennel et profond m'environne,
Hormis quand l'escarbot circule en bourdonnant,
Ou lorsque des brebis la clochette résonne ;

Ou bien, quand de la tour que le lierre revêt,
Le hibou paresseux, chantre mélancolique,
A la lune se plaint du passant indiscret
Qui trouble son repos et sa demeure antique.

Sous ces ormes noueux, ces ifs aux troncs épais,
Où la terre s'élève en rudes monticules,
Les anciens du village endormis à jamais
Reposent étendus dans leurs humbles cellules.

Les senteurs que répand le suave matin,
Le chant de l'hirondelle au toit de la chaumière,
Le cri perçant du coq, le son du cor lointain,
Ne les réveille plus de leur lit funéraire.

Pour eux, plus de foyer pétillant et joyeux,
D'épouse qui, le soir, à les servir s'empresse,
D'enfants, à leur retour, interrompant leurs jeux
Pour courir bruyamment disputer leur tendresse.

Bien souvent, leur faucille abattit les moissons,
Et leur herse a rompu les glèbes obstinées :
Avec quelle vigueur ils creusaient leurs sillons,
Et faisaient retentir les bois sous leurs coignées !

Respecte, ambition, leur utile labeur,
Leurs modestes plaisirs, leur sort privé de gloire.
Écoute sans dédain, fastueuse grandeur,
Du pauvre villageois la courte et simple histoire.

Les superbes blasons, et les splendeurs des rois,
Tout ce que la beauté, l'opulence, produisent,
Doivent fatalement subir les mêmes lois :
Les chemins de la gloire à la tombe conduisent.

O vanité! pardonne à ces morts ignorés,
Si des marbres pompeux ne couvrent pas leur cendre,
Si pour eux, les arceaux des monuments sacrés
N'ont pas redit ces chants que l'orgueil fait entendre.

Un mausolée, un buste, œuvre d'un art savant,
Rappelleront-ils l'âme à la terre ravie?
Des honneurs pourront-ils éveiller le néant?
Le cercueil n'est-il pas sourd à la flatterie?

Peut-être cette enceinte, entre ses murs étroits,
Cache un cœur où couvait une céleste flamme,
Des mains, qui d'un empire auraient porté le poids,
Et fait vibrer la lyre en lui donnant une âme.

Mais jamais la science, à leurs regards n'ouvrit
Son livre par le temps enrichi d'âge en âge :
L'indigence glaça l'essor de leur esprit,
Arrêta leur ardeur, étouffa leur courage.

Plus d'une perle, au fond de l'Océan brumeux,
Dérobe son éclat bien loin de la lumière :
Plus d'une fleur aussi doit s'ouvrir loin des yeux,
Et perdre ses parfums dans un lieu solitaire.

Ici peut-être dort un rustique Hampden,
Du tyran de son bourg indomptable adversaire ;
Un émule muet du chantre de l'Eden,
Un Cromwell qui n'a pas fait gémir l'Angleterre.

Dédaigner noblement la ruine et la mort,
Enlever la faveur d'un puissant auditoire,
Faire dans un pays renaître l'âge d'or,
Dans les regards d'un peuple enfin lire sa gloire,

Ce ne fut pas leur sort. Pour eux aussi le ciel,
Du mal comme du bien a limité l'arène ;
Et, s'ouvrir vers le trône un chemin criminel,
Fouler aux pieds les droits de la nature humaine,

Étouffer en son cœur sa conscience en deuil,
D'une sainte pudeur anéantir la trace,
Apporter sur l'autel du vice et de l'orgueil
Un encens qu'alluma le foyer du Parnasse,

Ne leur fut pas permis : Loin d'un monde insensé,
Ils ont, des vœux sans borne ignoré la démence,
Atteint le dernier but par un chemin tracé
A l'ombre, et sans éclat, à travers l'existence.

Toutefois, un grossier et pauvre monument,
Une sculpture informe entoure leur poussière :
Dans un simple langage il demande au passant,
Pour unique tribut, une larme sincère.

Leurs noms, leur âge, inscrits par un rude ciseau
Remplacent pour ces morts l'éloge et l'élégie ;
Et maint texte sacré, gravé sur leur tombeau
Enseigne au villageois à déposer la vie.

Eh ! qui donc, sur le point d'affronter le néant,
Quitta cette existence à la fois triste et chère,
Ce séjour du soleil, si joyeux, si brillant,
Sans longtemps et souvent regarder en arrière ?

Et l'on veut expirer près de ceux qu'on chérit ;
L'œil en mourant demande un regret : au sein même
Du sépulcre glacé, la nature gémit ;
Notre cendre est encor sensible à ce qu'elle aime.

Pour toi, qui de ces morts demeurés sans honneurs
As chanté l'existence innocente et bornée,
Si par hasard, cédant à ses pensers rêveurs,
Un cœur ami voulait savoir ta destinée,

Peut-être, un vieux berger te répondrait ces mots :
Bien des fois, à grands pas, quand le jour allait naître,
A travers la rosée il gravit ces coteaux
Pour voir, à l'horizon, le soleil apparaître.

Ici, sous ce vieux hêtre au feuillage penché,
Qui tord bizarrement ses racines saillantes,
A l'heure de midi, nonchalamment couché,
Il suivait du ruisseau les ondes bouillonnantes.

Ou, le long de ce bois qui sourit tristement,
Il errait, poursuivant ses vagues fantaisies,
Pâle, mélancolique, et comme promenant
Un amour sans espoir, des douleurs infinies.

Un jour, je le cherchai partout sur le coteau,
Sous les abris du bois, sur la rouge bruyère ;
Un second jour passa, sans qu'au bord du ruisseau
Il vint rêver auprès du hêtre solitaire.

Le lendemain, au son du glas des morts, je vis
Son cercueil lentement gagner le cimetière.
Tu sais lire ? eh ! bien va, sous ces arbres, et lis
Les vers qu'on a gravés sur cette simple pierre.

SENNACHERIB.

(TRADUIT DE BYRON) (1).

Comme un loup dévorant fond sur la bergerie,
Ainsi venait Assur. Ses nombreux bataillons
Brillaient de pourpre et d'or ; et les mille rayons
Dont ses lances frappaient notre vue éblouie,
Rappelaient les clartés qui sur les flots profonds
Étincellent le soir, quand la voûte étoilée
Se mire dans le sein du lac de Galilée.

Comme les feuilles des forêts
En la saison d'été, ses cohortes guerrières
Au coucher du soleil pressaient leurs rangs épais ;
Au loin flottaient leurs bannières.

(1) Lord Byron aimait beaucoup la bible, et sut dans ses *Mélodies hébraïques* en rendre la grandeur et l'originalité avec un rare bonheur.

Commme les feuilles des forêts,
Quand sur elles l'automne épanche son haleine,
Le lendemain les vit éparses dans la plaine,
Avec la mort empreinte sur leurs traits.

Car, déployant ses ailes dans l'espace,
L'ange exterminateur vint souffler sur la face
Des soldats ennemis; et les yeux des dormeurs
Devinrent froids et fixes ; et leurs cœurs,
Se soulevant sous la lourde cuirasse,
Battirent une fois encore ; puis après
Ils s'arrêtèrent pour jamais.

Là gisait le coursier, la narine béante ;
Mais un souffle orgueilleux ne la soulevait pas ;
Et l'écume arrachée à sa bouche expirante
Par le râle bruyant du pénible trépas
Couvrait le vert gazon, plus blanche et plus glacée
Que celle que la mer sur le roc a laissée.

Plus loin gisait le cavalier,
Pâle, défiguré, livide.
Son front était baigné par la rosée humide,
La rouille s'étendait sur son haubert d'acier.
Dans le camp, partout le silence,

Les étendards flottaient abandonnés ; la lance,
Sans un bras pour la manier,
Restait à terre ; et la trompette
Près d'elle reposait, immobile et muette.

Les veuves de Ninive ont poussé de grands cris.
Les faux Dieux terrassés jonchent de leurs débris
Le temple de Baal ; et, sans que par l'épée
Le gentil ait senti sa puissance frappée,
Elle a, sous l'œil de Dieu, fondu comme au printemps
Se fond la neige au souffle chaud des vents.

LA BEAUTÉ.

TRADUIT DE BYRON.

Dans son vol, effleurant de son aile azurée
    Les verts jardins de Kachemyr,
    L'insecte-roi de la riche contrée
Que le soleil levant se plaît à parcourir,
De fleur en fleur sur ses traces entraîne
L'enfant dont il séduit l'espoir trop confiant :
Temps dissipé sans fruit, chasse pénible et vaine !
Puis, prenant tout-à-coup un essor triomphant,
Il le laisse là, seul, le cœur tout palpitant
    Et le regard mouillé de larmes.
De même la beauté séduit l'adolescent
Par un éclat magique, et par des charmes
Dont la possession ne coûte pas moins cher.
Chasse pleine d'angoisse et de vaine espérance,
Follement commencée, et qu'un chagrin amer
Termine trop souvent ! Si le sort récompense

De funestes efforts, même malheur attend
Et l'insecte et la femme. Oui, le même supplice
Les atteindra tous deux. Car les jeux de l'enfant,
La trahison de l'homme et son rude caprice
Leur préparent des jours d'incessante douleur.
L'objet d'une poursuite et si longue et si vive
Bientôt ne séduit plus son dédaigneux vainqueur :
Chaque caresse hélas ! le prive
D'un charme, d'un attrait, jusqu'au fatal moment
Où flétri, pâle, languissant,
Et ne gardant plus rien de sa gloire passée
Il se voit au hasard livré seul et mourant.
Avec son aile fracassée,
Avec son âme amèrement blessée.
Où pourra le jouet de l'enfant sans pitié,
Ou bien celui de l'homme obtenir un asile ?
L'insecte expirant à moitié,
Pourra-t-il de nouveau prendre un essor agile,
Aller de rose en rose ainsi qu'auparavant ;
Et la beauté flétrie en une heure, ira-t-elle
Chercher dans son séjour désolé maintenant
Une félicité nouvelle ?
Non ; les hôtes de l'air aux plus vives couleurs
Volent, sans abaisser leur aile,

Auprès de ceux que frappe une mort trop cruelle.
Et, parmi les humains, les êtres dont les cœurs
Renferment le plus de tendresses,
Montrent de la pitié pour toutes les faiblesses
Hormis pour celles des leurs.
Chaque infortune peut en obtenir des pleurs,
Hormis la faute inexpiable
D'une sœur qu'à leurs yeux le déshonneur accable.

CHANT GALLOIS.

(TRADUIT DE SOUTHEY.)

Sait-on sous quels climats sont les fils de Gavran ? (1)
Qu'est devenue, hélas ! cette tribu fidèle
Partie, aux anciens jours, avec leur chef errant ?
Ils cherchaient sur ses pas, à travers l'Océan,

(1) Gavran était un chef de la Grande-Bretagne qui, dans le courant du cinquième siècle, s'embarqua pour aller à la recherche des *Iles Vertes* de l'Océan. Son destin resta inconnu.

Merlin, barde et savant enchanteur, vivait à la cour du chef breton Ambrosius, au cinquième siècle. On raconte qu'il s'embarqua aussi avec neuf autres bardes pour aller chercher l'*Ile des Trépassés*, et qu'on ne le revit plus. Son navire était, dit-on, une maison de cristal.

Enfin, dans le courant du treizième siècle, Madoc, prince Gallois, serait parti avec une troupe considérable de guerriers pour aller découvrir une nouvelle terre, et aurait fondé une colonie en Amérique : Southey a chanté cet événement dans un poëme auquel appartient le morceau que nous avons traduit.

Les *Iles Vertes de l'Océan* appelées aussi *Flathinnis*, étaient, disait la tradition, habitées par les âmes des Druides vertueux, morts avant l'introduction du christianisme.

Cette île où la verdure est, dit-on, éternelle.
Depuis qu'ils ont quitté *le rivage d'argent*,
Depuis qu'ils sont partis, aucune langue humaine
N'a dit le résultat de leur course lointaine;
Nulle oreille jamais n'a pu savoir leur sort.
Dans sa nef de cristal sait-on sur quelles plages
Ont abordé jadis Merlin, le roi des sages,
Et les bardes admis à monter sur son bord?
Sans doute, cette nef animée et vivante,
Suivant de l'enchanteur la volonté puissante,
A touché maintenant le rivage habité
Par ceux qui ne sont plus les hôtes de ce monde.
En cet heureux pays de l'immortalité,
Immortels, et plongés dans une paix profonde,
Respirent-ils cet air que le printemps sans fin
Verse sur Flathinnis, et dans ses bois promène;
Ensemble mélangeant par un art tout divin
Les milliers de senteurs, dont la suave haleine
A la brise du soir prête un si doux attrait,
Et les sons variés dont les concerts magiques
Charment le voyageur au sein de la forêt.
Dans leurs salles de marbre aux plafonds magnifiques,
Assis avec les chefs, héros des anciens temps,
De ces divers plaisirs enivrent-ils leurs sens?

Ou bien, la grande nef, sous la vague écumeuse,
Au sein des vastes eaux, tout à coup se plongeant,
Aurait-elle conduit sa troupe aventureuse
Vers les antres secrets du profond océan ?
Nos bardes et leurs chefs passent-ils là leur vie
Dans les bois de corail invisibles pour nous ?
Des nymphes de la mer devenus les époux,
Peut-être apprennent-ils la puissante harmonie
Qui sait troubler l'abîme, ou bien calmer les vents,
Apaiser la fureur des flots obéissants.
Habitent-ils enfin la région bénie,
Où les feux que le globe enferme dans ses flancs
Maintiennent un été que jamais rien n'altère,
Où les flots éternels d'une pure lumière,
Lumière d'émeraude au rayon pénétrant,
Parcourent les flots verts du liquide élément.

Les fils de la Bretagne ont loin de leur rivage,
Deux fois pris leur essor, semblables aux aiglons
Qui désertent leur nid sitôt qu'un noir plumage
Commence à revêtir leurs jeunes ailerons;
Deux fois, sur l'Océan, sa jeunesse intrépide
Pour ne plus revenir livra ses nefs aux vents.
Et maintenant encor, sur l'abîme liquide,

Elle va s'élancer : quel chef sera son guide ?
Le fils d'Owen, le prince au cœur noble et vaillant,
Le prince bien-aimé dont jamais l'injustice
N'a pu gagner le bras. — O mer, sois lui propice !
Vents du ciel, aidez-le dans son noble dessein ;
Frayez-lui vers son but un facile chemin.
Déjà les vents du ciel, déjà la mer profonde,
Ont servi ses efforts. Il a trouvé le monde,
Le monde qu'il cherchait sous un climat lointain.

Qui donc l'accompagnant sur la plaine orageuse
Avec lui gagnera la terre bienheureuse,
Avec lui cherchera le pays de la paix ?
Ce sera le Breton dont l'âme généreuse
A tressailli d'orgueil, au récit des hauts-faits
Et des nobles exploits inscrits dans notre histoire ;
Celui-là, qui d'Arthur, tout jeune apprit la gloire,
Apprit à révérer le grand Caractacus,
A se proclamer fils de ce chef énergique
Dont le bras, dirigeant notre peuple héroïque,
A chassé d'Albion les fils de Romulus.
Ce sera le Breton zélé pour sa patrie,
Et qui du sol natal ressent le déshonneur,
Dont la cendre, au milieu d'une terre asservie,

Ne saurait du repos connaître la douceur,
Et qui, fût-il au ciel, sentirait dans son cœur
Une indicible angoisse, en voyant l'esclavage
Au front de ses enfants imprimer son outrage :
Celui-là, sur les flots s'élançant indompté,
Ira vers d'autres bords trouver la liberté.

Qui s'en ira chercher la terre bienheureuse ?
C'est celui loin duquel tout bonheur s'est enfui,
Dont l'âme, pour toujours froissée et douloureuse,
Ne voit jamais l'espoir adoucir son ennui ;
Auquel tout changement est un sujet de joie,
Auquel, des biens passés le riant souvenir
Cause un tourment cruel, que devrait seul sentir
Le cœur du criminel à ses remords en proie ;
Celui-là va monter le vaisseau de l'exil :
Et, de suivre ses pas le barde craindrait-il ?
Non : la harpe bretonne, au loin sur d'autres terres,
Au Breton redira la gloire de ses pères :
Le barde ira chercher le climat où la paix,
Avec la liberté, prodigue ses bienfaits :
Prince, conduis le barde aux rives étrangères.

FIN.

TABLE.

TRADUCTIONS.

FIN DE LA TABLE.

www.ingramcontent.com/pod-product-compliance
Ingram Content Group UK Ltd.
Pitfield, Milton Keynes, MK11 3LW, UK
UKHW031856260826
14628UKWH00002B/814

9 782019 910983